Josef Müller

Über die philosophischen und religiösen Anschauungen des Tacitus

Josef Müller

Über die philosophischen und religiösen Anschauungen des Tacitus

Unveränderter Nachdruck der Originalausgabe von 1874.

1. Auflage 2024 | ISBN: 978-3-38634-868-3

Antigonos Verlag ist ein Imprint der Outlook Verlagsgesellschaft mbH.

Verlag: Outlook Verlag GmbH, Zeilweg 44, 60439 Frankfurt, Deutschland, info@outlook-verlag.de
Vertretungsberechtigt: E. Roepke, Zeilweg 44, 60439 Frankfurt, Deutschland
Druck: Libri Plureos GmbH, Friedensallee 273, 22763 Hamburg, Deutschland

Das hohe k. k. Ministerium für Cultus und Uuterricht hat mit Erlass vom 13. Dezember 1873 Z. 16853 auf Ansuchen des Lehrkörpers und warmer Befürwortung von Seite des h. k. k. Landesschulrathes in hochherziger Weise 1000 fl. zur Anschaffung von 120 zweisitzigen Olmützer Schulbänken bewilligt. Davon sind 64 Stück von Herrn Eduard Luger, Schreiner in Dornbirn, bereits im Laufe des Monats Juli geliefert worden.

Seine Excellenz der Herr Minister für Cultus und Unterricht hat dem Herrn Prof. Dr. Ausserer eine Lehrstelle am I. k. k. Staatsgymnasium in Graz verliehen. Die Kunde davon erfüllte nicht nur seine Collegen und Schüler, sondern auch alle Andern, die ihn kennen, mit der grössten Trauer; denn Ausserer hat sich in den 6 Jahren seines hierortigen Wirkens die allgemeine Achtung und Zuneigung erworben. Seine Verdienste um die Hebung des naturwissenschaftlichen Unterrichtes durch Schaffung von Anschauungsmitteln sind seltene. Der botanische Garten und die Alpenanlage sind davon das glänzendste und hoffentlich ein dauerndes Denkmal.

Am 30. Juli wurde das Schuljahr mit einem feierlichen Gottesdienste geschlossen.

Das Schuljahr 1874/75 beginnt an den vereinigten k. k. Staatsmittelschulen in Feldkirch am 1. October. Die Aufnahme geschieht auf Grund staatsgiltiger Studienzeugnisse oder einer unter der Aufsicht und Leitung der k. k. Direction bestandenen Prüfung, welche sich bei denjenigen, welche in die I. Classe eintreten wollen, auf die Religion, die deutsche Sprache und das Rechnen erstreckt. Die Aufnahmsprüfung wird am 1. October Nachmittags um 2 Uhr abgehalten. Die neu eingetretenen Schüler haben 2 fl. 10 kr. als Aufnahmstaxe und 50 kr. als Bibliotheksbeitrag bei ihrem Eintritte zu entrichten, die übrigen Studirenden nur den Bibliotheksbeitrag. Das Schulgeld beträgt jährl. 16 fl. ö. W.

Zum Schlusse erstattet der Unterzeichnete im Namen des Lehrkörpers allen Gönnern und Wohlthätern der Studirenden, insbesonders den Bewohnern von Feldkirch und Umgebung, welche dieselben durch Kosttage und Monatgelder in der freigebigsten Weise unterstützten, ferner allen jenen in den Landesblättern bereits genannten Herren aus Bludenz, Dornbirn und Hohenems, welche ihnen im vorigen Schuljahre die Summe von 467 fl. zukommen liessen, und endlich Herrn Kublsnak, welcher beim Abschiede von Feldkirch dem Unterzeichneten 20 fl. für dürftige Schüler übergab, den innigsten Dank, mit der höflichen Bitte, die Anstalten auch fernerhin mit ihrem Wohlwollen und Vertrauen zu beglücken.

Anmerkung: Die P. T. Eltern werden höflichst ersucht, neue Quartiere für ihre hier studirenden Söhne nur mit Wissen und Billigung der k. k. Direction aufzunehmen.

Josef Elsensohn, Director.

Ueber die philosophischen und religiösen Anschauungen des Tacitus.

Die Römer, im Allgemeinen ein praktisch-nüchternes Volk, waren der Philosophie nicht absonderlich zugethan. Mögen die klimatischen Verhältnisse auf ihre Gedankenrichtung bestimmend eingewirkt, mögen die fortwährenden politischen und socialen Wirren den Römersinn für ideale Forschungen abgestumpft haben, oder mögen die Gründe in der Entwicklungsgeschichte des römischen Volkes und seiner für philosophische Determinationen anfangs wenig geeigneten Sprache zu suchen sein: kurz, es galt sogar noch in der Zeit des Caesar und Augustus, wo doch die römische Literatur und Geistesbildung auf ihrem Höhepunkt angelangt war, ein tiefes Eindringen in die Philosophie als unpraktisch und für den echten Römer verwerflich. Selbst Cicero, der doch in der Philosophie eine so weite Rundschau gehalten, hat sich darauf beschränkt, die griechischen Philosopheme den Römern mundgerecht zu machen, ohne sich als Anhänger einer bestimmten philosophischen Secte zu bekennen. Um so weniger dachte man in der späteren Zeit, wo die Literatur überhaupt ihren specifisch römischen Charakter verloren und durch Einmischung der Provinzialen sich dem Kosmopolitismus genähert hatte, an ernste Beschäftigung mit der Philosophie. Selbst diejenigen, die in Rom schrieben, haben nichts grosses mehr geleistet, weil es unter den grausamen Kaisern überhaupt verfänglich war, literarisch sich zu bethätigen und dadurch möglicher Weise in Opposition zu dem Staate zu treten. Nur einmal finden wir in dieser Zeit noch das Bestreben der Gedankenrichtung freien Spielraum zu geben, bei Tacitus. Er eifert gegen die Knechtung der freien Willensäusserung und spricht es unumwunden aus, dass ihm die römischen Zustände der Kaiserzeit bis Nerva unerquicklich gewesen. Hist. I. 1. rara temporum felicitate, ubi sentire quae velis, et quae sentias dicere licet. Agr. 1. venia opus fuit: quam non petissem, ni cursaturus tam saeva et infesta virtutibus tempora. 2. et sicut vetus aetas vidit, quid ultimum in libertate esset, ita nos, quid in servitute, adempto per inquisitiones et loquendi audiendique commercio. 3. Nerva Caesar res olim dissociabiles miscuerit, principatum ac libertatem. 44. postremum illud tempus, quo Domitianus non iam per intervalla ac spiramenta temporum, sed continuo et velut uno ictu rem publicam exhausit. 45. cum suspiria nostra subscriberentur. Trotz solch schwerer Anklagen hat Tacitus den echten Römersinn doch nie verläugnet; daher verhält auch er sich zur Philosophie wie alle echten Römer, welche ein tiefes Eindringen in die Philosophie als unpraktisch verwerfen; daher kann man auch nicht von einer Philosophie des Tacitus, sondern nur von philosophischen Anschauungen sprechen.

Ein zu tiefes Versenken in die Philosophie ist aber wol zu unterscheiden von philosophischer Bildung; diese war in der Taciteischen Zeit überhaupt jedem Staatsmanne notwendig; auch Tacitus war philosophisch gebildet, was viele Stellen seiner Werke beweisen: Ann. VI. 6. stützt Tacitus sein Urteil über Tiber auf die Worte des Meisters der griechischen Philosophie, des Sokrates: neque frustra praestantissimus sapientiae firmare solitus est, si recludantur tyrannorum mentes, posse aspici laniatus et ictus, quando, ut corpora verberibus, ita saevitia, libidine, malis consultis animus dilaceretur. Bei diesen Worten schwebt Tacitus die Stelle aus Platons Gorgias 524 E vor: ὁ Ῥαδάμανθυς ἐκείνους ἐπιστήσας θεᾶται ἑκάστου τὴν ψυχήν, οὐκ εἰδὼς ὅτου ἐστίν, ἀλλὰ πολλάκις τοῦ μεγάλου βασιλέως ἐπιλαβόμενος ἢ ἄλλου ὁτουοῦν βασιλέως ἢ δυνάστου κατεῖδεν οὐδὲν ὑγιὲς ὂν τῆς ψυχῆς, ἀλλὰ διαμεμαστιγωμένην καὶ οὐλῶν μεστὴν ὑπὸ ἐπιορκιῶν καὶ ἀδικίας, ἃ ἑκάστη ἡ πρᾶξις αὐτοῦ ἐξωμόρξατο εἰς τὴν ψυχήν, καὶ πάντα σκολιὰ ὑπὸ ψεύδους καὶ ἀλαζονείας καὶ οὐδὲν εὐθὺ διὰ τὸ ἄνευ ἀληθείας τεθράφθαι. καὶ ὑπὸ ἐξουσίας καὶ τρυφῆς καὶ ὕβρεως καὶ ἀκρατίας τῶν πράξεων ἀσυμμετρίας τε καὶ αἰσχρότητος γέμουσαν τὴν ψυχὴν εἶδεν. Ann. VI. 22. stellt Tacitus die Ansichten der Epicureer und Stoiker über den Gang und die Vorherbestimmung der menschlichen Dinge zusammen: quippe sapientissimos veterum, quique sectam eorum aemulantur, diversos reperias ff. Ann. VI. 28. finden wir möglichst genaue Angaben über den fabelhaften ägyptischen Phönix; Tacitus also ist nicht unbewandert in der Astronomie, indem der Phönix das Symbol einer astronomischen Zeitperiode war. Hist. V. 4. ragt die Astrologie vollends in die Geschichtschreibung herein, indem wir dort eine Erklärung der den Juden heiligen Siebenzahl lesen vom astrologischen Standpunkt aus. Hist. IV. 5. von der Stoischen Philosophie: doctores sapientiae secutus est, qui sola bona quae honesta, mala tantum quae turpia, potentiam, nobilitatem ceteraque extra animum neque bonis neque malis adnumerant. Agr. 46. im Epilog auf Agricola: si, ut sapientibus placet, non cum corpore exstinguuntur magnae animae.

Tacitus ist also in der Philosophie nicht unbewandert, er kennt die herrschenden Ansichten der Philosophen-Schulen, aber für seine Person mag er sich weder der einen, noch der andern Richtung vollends anschliessen. Er kann bei philosophischen Fragen zu keinem bestimmten Resultate gelangen, hält aber auch ein sich ganz der Philosophie Hingeben für unpraktisch und für einen Römer ungeeignet. Hist. IV, 5. spricht sich Tacitus ganz deutlich aus, zu welchem Zwecke der künftige Staatsmann sich den philosophischen Studien hingeben soll. Ein träges Hinbrüten ohne gemeinnützige Zwecke, das sich nur mit dem Titel eines Philosophen brüstet, soll fern gehalten sein.

Der Jüngling soll bei einem tieferen Studium der philosophischen Theorien die praktischen Aufgaben des Staatsdienstes nicht aus den Augen verlieren, sondern soll Philosophie treiben, um gestählter zu werden gegen die unberechenbaren Launen des Zufalls, um mit geläuterten Ansichten und klarem Blicke dem wechselvollen Laufe der Dinge begegnen zu können: ingenium inlustre altioribus studiis iuvenis admodum dedit, non ut plerique, ut nomine magnifico segne otium velaret, sed quo firmior adversus fortuita rem publicam capesseret. Agr. 4. sagt Tacitus von seinem Schwiegervater: memoria teneo solitum ipsum narrare, se in prima iuventa studium philosophiae acrius ultra quam concessum Romano ac senatori hausisse. Ebendaselbst rühmt er es an Agricola, dass er nicht hinausgegangen über die Grenzen des menschlichen Strebens und nicht in Schwärmerei ausgeartet: retinuitque, quod est difficillimum ex sapientia, modum. Philosophische Weisheit ist übel angebracht in ernsten Augenblicken des Lebens, namentlich ist sie im Kriege verwerflich, weil die gewöhnliche Masse dafür kein Verständnis hat. Ein Beispiel dieser Art Hist. III. 81. Das Bestreben des Musonius Rufus die Sätze der Stoiker nachzuäffen wird von Tacitus ausdrücklich intempestiva sapientia genannt. Ueberhaupt sind es unter den Philosophemen die Lehren der Stoa, auf welche Tacitus am öftesten zu sprechen kommt. Die Stoische Philosophie hatte noch die meisten Anhänger in Rom, denn ihre Ethik liess sich noch am ehesten vereinbaren mit den praktischen Grundsätzen des Lebens. Viele aber gab es in Rom, denen die Stoische Philosophie zum Deckmantel ihrer Verworfenheit dienen musste. Sie gerirten sich nach aussen hin als Tugendhelden nach Stoischem Vorbild, blos zu dem Zwecke, die öffentliche Meinung zu berücken. Eine solche Gleissnerei mit verborgenen schlechten Motiven muss bei Tacitus, der ja überall für Aufrichtigkeit und Offenheit eintritt, entschiedene Verurteilung finden. P. Egnatius, der Client des Barea Soranus, spielt sich auf den Stoiker hinaus aus unedlen Motiven, indem er seine Weisheit schändet durch Verrat an seinem Freunde. Ann. XVI. 32. cliens hic Sorani et tunc emptus ad opprimendum amicum auctoritatem Stoicae sectae praeferebat, habitu et ore ad exprimendam imaginem honesti exercitus, ceterum animo perfidiosus, subdolus, avaritiam ac libidinem occultans; quae postquam pecunia reclusa sunt, dedit exemplum praecavendi, quo modo fraudibus aut flagitiis commaculatos, sic specie bonarum artium falsos et amicitiae fallaces. Hist. IV. 10: Celer professus sapientiam, dein testis in Baream, proditor corruptorque amicitiae, cuius se magistrum ferebat. P. Celer ereilte denn auch dafür die gebührende Strafe. Hist. IV. 40: damnatusque Publius et Sorani manibus satisfactum. Hist. IV. 86. vom jungen Domitian: Domitianus sperni a senioribus iuventam suam cernens modica quoque et usurpata antea munia imperii omittebat, simplicitatis ac modestiae imagine in altitudinem conditus studiumque literarum et amorem carminum simulans, quo velaret animum et fratris se aemulationi subduceret. Für Personen, die von Natur aus zur Ruhmbegierde hinneigen, bietet die Philosophie kein Gegenmittel. Hist. IV. 6: quando etiam sapientibus cupido gloriae novissima exuitur. Diese Worte sind übrigens nicht in tadelndem Sinne auf Helvidius Priscus zu beziehen, von dessen Bildung und staatsmännischer Tüchtigkeit Tacitus im vorhergehenden Capitel das schönste Bild entworfen, sondern es spricht der Schriftsteller diesen Gedanken ganz allgemein, ohne spezielle Bezugnahme auf irgend eine Persönlichkeit aus.

Es ist schon eingangs erwähnt worden, dass die Kaiserzeit einer ernstlichen Beschäftigung mit den Wissenschaften nicht günstig war, weil eine freie Aeusserung der Gedanken nur zu oft die Ungnade des Hofes zur Folge hatte. Dies gilt namentlich von der Zeit, welche Tacitus in seinen Geschichtswerken schildert. Insbesondere liefen diejenigen, welche sich mit philosophischen Forschungen und mit der Unterweisung der Jugend in der Weltweisheit befassten, Gefahr als Revolutionäre angesehen zu werden, wenn sie der jeweilig herrschen-Hofpartei nicht zu Gesichte standen. Tacitus thut speziell solcher Fälle Erwähnung. Ann. XV. 71: Verginium Flavum et Musonium Rufum claritudo nominis expulit: nam Verginius studia iuvenum eloquentia, Musonius praeceptis sapientiae fovebat. XVI. 22. bringt Capito Cossutianus in der Anklage gegen Thrasea, einen eifrigen Anhänger der Stoischen Philosophie, vor: spernit religiones, abrogat leges. Diurna populi Romani per provincias, per exercitus curatius leguntur, ut noscatur, quid Thrasea non fecerit. Aut transeamus ad illa instituta, si potiora sunt, aut nova cupientibus auferatur dux et auctor. Ista secta Tuberones, veteri quoque rei publicae ingrata nomina, genuit. Ut imperium evertant, libertatem praeferunt: si perverterint, libertatem ipsam adgredientur. Agr. 2: expulsis insuper sapientiae professoribus atque omni bona arte in exilium acta, ne quid usquam honestum occurreret. Diejenigen Philosophen freilich, die sich zu willenlosen Werkzeugen des Hofes hergaben, waren dort geduldet, weil sie nicht gefährlich werden konnten. Nero widmete manchmal nach dem Gelage einige Zeit den Moralphilosophen, um sich zur Beförderung der Verdauung an ihren Disputationen zu erheitern. Ann. XIV. 16.

Fragen wir, welche der herrschenden Ansichten der Weltweisen Tacitus zur seinen gemacht, so kann auf diese Frage keine bestimmte Antwort erfolgen. Ueber den Urgrund und das Wesen der Dinge, über den Gang der Weltereignisse, über das Verhältnis des Menschen zu den weltbewegenden Factoren und ähnliche Probleme hat Tacitus offenbar vielfach nachgedacht, wenn es ihm auch nicht gelungen, zu einer befriedigenden Lösung solcher Fragen zu gelangen. Er gesteht denn auch seine Unentschiedenheit in philosophischen Fragen ganz unumwunden ein. Ann. IV. 20: unde dubitare cogor, fato et sorte nascendi, ut cetera, ita principum inclinatio in hos, offensio in illos, an sit aliquid in nostris consiliis, liceatque inter abruptam contumaciam et deforme obsequium pergere iter ambitione ac periculis vacuum. Noch stärker Ann. VI. 22: sed mihi haec ac talia audienti in incerto iudicium est, fatone res mortalium et necessitate immutabili an forte volvantur. An letzterer Stelle finden wir ausdrücklich den Gegensatz zwischen fatum und fors hervorgehoben. Tacitus bezieht sich hier auf die in Bezug auf den Fatalismus einander entgegengesetzten Ansichten der Stoiker und Epicureer. Die Stoiker behaupteten, dass das Fatum mit den Ereignissen übereinstimme (fatum congruere rebus), dass also die Dinge im Fatum vorherbestimmt seien, wogegen die Epicureer läugneten, dass es eine Vorherbestimmung gebe, hingegen behaupteten, dass alles auf Zufall beruhe (multis insitam opinionem non initia nostri, non finem, non denique homines diis curae). Es dürfte sich nun der Mühe lohnen, wenn wir im Anschluss an diese Stelle, wo Tacitus fatum und fors ausdrücklich als Gegensätze hinstellt, ohne sich über das Wesen und den Einfluss derselben auf den Gang der Weltereignisse im klaren zu sein, diesen Begriffen, wie sie sich bei Tacitus überhaupt gebraucht finden, des genaueren nachgehen.

Tacitus spricht 1. vom Tode durch das fatum: Ann. I. 3. mors fato propera. II. 42. finem vitae sponte an fato implevit. 71. in der Rede des sterbenden Germanicus (der Vollständigkeit halber führen wir auch die ganz objectiv gehaltenen Stellen an) si fato concederem. VI. 10. fato obiit. XI. 2. functam fato. XIV. 12. Silana fato functa erat. 14. quos fato perfunctos. 47. si quid fato pateretur. 62. fato obiit. Hist. III. 38. si quid fato accidat. V. 10. fato aut taedio occidit. Agr. 45. fatum excepisti. Bei Nipperdey findet sich Einl. S. 16. auch die Stelle Ann. XVI. 5., ein Citat, das nur auf Verwechslung mit einer andern Stelle oder auf einem Druckfehler beruhen kann. Ein Missverständnis der Stelle vermag ich dem sinnigen Erklärer des Tacitus nicht zuzutrauen, um so weniger, als in der betreffenden Anmerkung des Commentars die Stelle anders erklärt ist. Es ist an jener Stelle von keinem Todesfall die Rede, sondern es haben die Worte „maiore fato effugisse" eine ganz andere Bedeutung, wie sich nachher zeigen wird; hingegen ist Agr. 42. „famam fatumque provocabat" fatum vom Tode zu verstehen.

2. Menschliche Handlungen und Entschliessungen werden von Tacitus auf das fatum zurückgeführt: Ann. I. 39. fatalem increpans rabiem. VI. 46. consilium, cui impar erat, fato permisit. V. 4. fatali quodam motu. XI. 26. fatali vecordia. XII. 64. fatale sibi, ut coniugum flagitia ferret, dein puniret. XIII. 12. fato quodam. 47. compotitas insidias fatoque evitatas. XV. 61. fatali omnium ignavia. Hist. IV. 72. fato acta dictitans, quae militum ducumque discordia vel fraude hostium evenissent.

3. Von der jeglicher menschlichen Erkenntnis entzogenen Einwirkung des fatum auf die Ereignisse und Verhältnisse der Menschen: Ann. I. 55. Varus fato et vi Arminii cecidit. 65. eodem iterum fato vinctae legiones, von Arminius gesagt. III. 30. fato potentiae raro sempiternae. XVI. 5. imminentem perniciem maiore fato effugisse. Hist.

I. 10. occulta fati. 18. quae fato manent. 29. lässt Tacitus Piso sagen: Caesar adscitus sum, quo domus nostrae aut rei publicae fato, in vestra manu positum est. 50. velut ad perdendum imperium fataliter electos. 71. mansitque Celso velut fataliter etiam pro Othone fides integra et infelix. II. 69. principium interno simul externoque bello parantibus fatis. 82. nihil arduum fatis. IV. 54. fatali nunc igne. 57. sagt Vocula: eadem fata ruptores foederum exspectarent. V. 13. sibi tantam fatorum magnitudinem interpretati. Germ. 33. urgentibus imperii fatis. Agr. 13. ist diese Bedeutung von fatum wol am deutlichsten ersichtlich, indem Tacitus selber erklärt, in welcher Weise er die Wirkung des fatum sich denkt. Es möge daher die Stelle hier in ihrem Zusammenhang angeführt werden: Divus Claudius auctor operis transvectis legionibus auxiliisque et adsumpto in partem rerum Vespasiano: quod initium venturae mox fortunae fuit. domitae gentes, capti reges, et monstratus fatis Vespasianus.

Der gleiche Gedanke, wie er namentlich aus der zuletzt angeführten Stelle deutlich ersichtlich ist, dass die Ereignisse vielfach in der Zeit gleichsam schon vorbereitet sind, von dem Blicke des Einzelnen jedoch oft vor ihrem Eintritt nicht erkannt werden, begegnet uns auch anderweitig vielfach bei Tacitus, ohne dass der Ausdruck „fatum, fatalis“ ausdrücklich gebraucht ist. Ann. IV. 27. semina belli. 52. ut series futuri in Agrippinam exitii inciperet. 60. semina futuri exitii. VI. 47. interim Romae futuris etiam post Tiberium caedibus semina iaciebantur. XI. 38. honesta quidem, sed ex quis deterrima orirentur. Hist. I. 53. semina discordiae. II. 76. in der Rede des Mucianus: nova cotidie bello semina ministrat. IV. 18. semina dicordiae. 62. initium exsolvendae in posterum culpae fecere. 80. semina belli. Aehnlich wird causa als Apposition zu einem ganzen Satze gebraucht: Ann. I. 27. causam discordiae et initium armorum. II. 64. causas bello.

Es könnte auf den ersten Blick scheinen, als ob manche der zuletzt angezogenen Stellen mit dem Grundbegriff semen und causa zu weit hergeholt seien und mit dem fatum in unserem Sinne einen nur laxen Zusammenhang hätten. Allein eine nähere Betrachtung der Stellen in ihrer logischen Verbindung mit dem Erzählten dürfte dem unbefangenen Leser zeigen, dass es sich überall um eine in der Zeit verborgen wirkende Ursache handelt, ganz analog unserer Auffassung des fatum, und dass wir fast überall unbeschadet des Sinnes den Begriff fatum substituiren können. Ann. IV. 27. ist es im Folgenden erklärt, wie der Same des Krieges verborgen wucherte, namentlich durch „primo coetibus clandestinis“. Wir haben es also auch hier mit einer anfangs verborgen wirkenden Ursache zu thun, die nur allmälig in die That übergehen soll. Der Anstifter des Sclavenkrieges wirkt hier gleichsam im Dienste und Sinne des fatum. Ann. IV. 60. ist es Seian, der im Sinne des fatum wirkt, indem er verborgen auf des Drusus Untergang sinnt, der nichts ahnend in die Falle gehen soll „insidiis magis opportunum“. Hist. I. 53. ist die Zwietracht im

Heere schon lange vorbereitet, wie das Folgende zeigt: quod et bello adversus Vindicem universus adfuerat, nec nisi occiso Nerone translatus in Galbam atque in eo ipso sacramento vexillis inferioris Germaniae praeventus erat. Also: nec deerant in exercitu semina discordiae parantibus fatis (discordiam). Hist. II. 76. ist es Vitellius, der durch sein unfürstliches Gebahren langsam, aber sicher sich selber den Untergang bereitet: nova cotidie bello semina ministrat, scil. sibi exitiabili, wie der Zusammenhang zeigt; also: nova bella parat in dies exitium ipsi parantibus fatis. Hist. IV. 18 u. 80. werden Claudius Labeo und der junge Vitellius semina discordiae, semina belli genannt. Dieser Same der Zwietracht, der in der Zeit vorbereitet war und im Verborgenen wucherte, sollte, bevor er Früchte trage, durch Beiseiteschaffung der betreffenden Persönlichkeiten unwirksam gemacht werden; also: ut quae fato manerent, irrita fierent. Hist. IV. 62. legen die Soldaten gleichsam unbewusst den Grund zur künftigen Austilgung ihres Vergehens, indem sie in plötzlicher Aufwallung den entgegenkommenden Longinus, den Mörder des Vocula, mit einem Hagel von Geschossen überdecken und handeln so, weil gleichsam unbewusst, im Sinne des fatum. Die Stellen Ann. I. 27. und II. 64. sind dem Sinne nach gleich bellum (discordiam) parantibus fatis. Die Stelle Hist. IV. 19. postulabant, non ut adsequerentur, sed causam seditioni lässt sich nicht in diesem Sinne auffassen. Es tritt dort das ungestüme Verlangen der Soldaten zu sehr in den Vordergrund, die nichts anders bezweckten als Meuterei (causam seditioni). Die übrigen Stellen Ann. IV. 52. VI. 47. und XI. 38. sind schon in ihrem Wortlaute so klar, dass sie einer weiteren Erklärung gar nicht mehr bedürfen.

Um unsere eben dargelegte Auffassung von semen und causa zu erhärten, können wir die Gegenprobe dadurch anstellen, dass wir in einigen der früher angeführten Stellen, wo fatum wirklich vorkommt und die in Rede stehende Bedeutung (verborgen wirkende Ursache) hat, semen, causa oder einen synonymen Begriff substituiren: Hist. I. 10. ist occulta fati offenbar gleichbedeutend mit occultas rerum causas. Hist. I. 18. ist quae fato manent so viel als quae manent certa serie rerum. serie == causis naturalibus, quarum alia aliam excipit. Hist. I. 50. können wir für velut ad perdendum imperium fataliter electos appositionell einsetzen velut perdendi imperii initium. Ebenso Hist. I. 71. für „mansitque Celso velut fataliter etiam pro Othone fides“ mansitque Celso velut causa dirae necessitatis etiam pro Othone fides (Celsus war später auch wieder auf die Gnade des Vitellius angewiesen II. 60.), dass hier die Apposition causa im Nominativ steht, ändert am Sinne nichts. Hist. II. 69. finden wir die Begriffe fatum und principium ausdrücklich zusammengestellt, freilich nicht coordinirt, sondern in grammatischer Abhängigkeit von einander: principium bello parantibus fatis. Es ist gesagt, dass das fatum den Anfang des Krieges bereitet, dass der Anfang vom fatum ausgeht, dass der Anfang im fatum gelegen ist, dass der Anfang (der schon

vorbereitete und verborgen glimmende Zündstoff zum Kriege) als
Effluenz des fatum gleichsam selber das fatum ist, so dass wir die
ganze Stelle dem Sinne nach einfach wieder geben können mit causa
interno simul externoque bello. Eine ähnliche Substitution des Begriffes causa, semen etc. für fatum dürfte sich auch an mancher andern Stelle unschwer ergeben, allein es mögen für unsere Zwecke die
gegebenen Erklärungen bereits genügen, eine weitere Betrachtung dieser
Art würde uns von unserem Zwecke zu weit abführen, da sie in das
Gebiet der Worterklärung hineinragt.

4. Ann. II. 73. magni Alexandri fatis adaequarent u. XVI. 14.
sua Caesarisque fata scrutari ist mit fata alles dasjenige zusammengefasst, was dem Menschen im Laufe der Zeit begegnet, die gesammten Lebensschicksale des Menschen, wobei jedoch so wenig als an
den früheren Stellen an eine höhere Vorherbestimmung zu denken ist.

5. An zwei Stellen wird die Erkenntnis der Zukunft mit dem
fatum in Verbindung gebracht. Ann. XI. 21: Curtius Rufus, ein Mann
von niederer Abkunft, aber von Ehrgeiz beseelt, begleitete den Quae-
stor, dem Afrika zugefallen war, in diese Provinz. Als er dort in
der Stadt Adrumetum eines Tages durch die menschenleeren Säulen-
hallen in Gedanken vertieft einherging, begegnete ihm ein übermensch-
liches weibliches Wesen und rief ihm zu: tu es, Rufe, qui in hanc
provinciam pro consule venies. Nachher nach Rom zurückgekehrt,
stieg er von Stufe zu Stufe und brachte es wirklich zum Proconsulat
in jener Provinz. Tacitus schliesst nun seine Erzählung mit den
Worten: atque ibi defunctus fatale praesagium implevit. Die andere
Stelle Hist. I. 22: Die Astrologen lagen schon unter Nero dem Otho
an mit ihren Verheissungen und verkündeten ihm den Aufgang eines
segenreichen Gestirnes. Als nun die Prophezeiung des Sterndeuters
Ptolemaeus, Otho werde den Nero überleben, wirklich in Erfüllung
gegangen war, fand die Versicherung, er werde seiner Jugendfülle
wegen vom alterschwachen Galba zur Mitregentschaft herangezogen
werden, in Othos verblendetem Herzen um so eher fruchtbaren Boden:
sed Otho tanquam peritia et monitu fatorum praedicta accipiebat. Auch
an diesen beiden Stellen bedeutet fatum analog unserer früheren Auffassung die durch den Causalnexus der Dinge zeitlich bereits vorbe-
reiteten, der menschlichen Erkenntnis jedoch entzogenen Ereignisse;
dass diese hier auf wunderbare Weise im voraus der Erkenntnis des
Menschen nahe gelegt werden, wovon an späterer Stelle ausführlicher
zu sprechen sein wird, ändert nichts an der Bedeutung des Begriffes
fatum. An letzterer Stelle indessen ist monitu fatorum nicht im Sinne
des Tacitus, sondern des Otho zu verstehen.

6. Hist. III. 1. meliore fato u. III. 84. numero fatoque dis-
pares (hier sowie Ann. XIII. 12. ist die Leseart facto entschieden
verwerflich) hat fatum die abgeschwächte Bedeutung „das in der Zeit
zufällig Eintretende" und zwar an ersterer Stelle in günstigem, an
letzterer in ungünstigem Sinne, so dass fatum fast in die Bedeutung

von fors übergeht. Mit letzterem Begriffe ist fatum ausdrücklich zusammengestellt Hist. IV. 26: quod in pace fors seu natura, tunc fatum et ira dei vocabatur. Der Schriftsteller berichtigt hier offenbar die furchtsame und pessimistische Anschauung des Volkes und will das früher Erzählte auf natürliche, ganz offene Gründe zurückgeführt wissen, daher fatum hier nicht im Sinne des Tacitus von einer verborgenen Ursache.

Die zuletzt citirten Stellen führen uns von selbst auf einen andern von Tacitus gleichfalls vielfach gebrauchten Begriff, auf den Begriff fors und den synonymen casus. Dass diese beiden Begriffe bei Tacitus vielfach synonym gebraucht sind, daher hier unter einer Rubrik betrachtet werden können, zeigt recht auffallend Ann. I. 28. Es ist dort von einer Mondesfinsternis die Rede und die Erzählung eingeleitet mit den Worten: noctem minacem et in scelus erupturam fors lenivit, und später ist von demselben Ereignis gesagt: quae casus obtulerat. Ann. XIV. 3—12 erzählt Tacitus den Untergang der Mutter des Nero, der Agrippina. Von dem ihr auf dem Meere bereiteten Unfall heisst es cap. 8. quasi casu evenisset und darauf cap. 11. quod fortuitum fuisse, quis adeo hebes inveniretur, ut crederet? Ebenso sind beide Begriffe zusammengestellt: Hist. I. 4. casus eventusque rerum, qui plerumque fortuiti sunt. Agr. 3. fortuitis casibus. Germ. 7. non casus nec fortuita conglobatio.

Einzeln werden diese Begriffe gebraucht 1. von natürlichen Ereignissen wie schon oben Ann. I. 28: Ann. II. 47. in tali casu von einem Erdbeben. IV. 8. fortuitus morbus. XII. 52. morte fortuita. In diesen Stellen hat fors (wir bedienen uns der Einförmigkeit halber hier und im Folgenden nur dieses Begriffes, wollen aber darunter promiscue „fors“ sowie „casus“ verstanden wissen) offenbar die stärkste Bedeutung und kommt der oben dargelegten Bedeutung von fatum am nächsten, indem es sich auch hier, namentlich Ann. I. 28 u. II. 47. um eine der allgemeinen menschlichen Erkenntnis und Berechnung entzogene natürliche Ursache handelt. Ann. IV. 8. heisst fortuitus morbus nicht „zufällige“, sondern „auf natürlichen Gründen beruhende“ Krankheit. Ann. XII. 52. endlich unterscheidet sich durch nichts von der schon früher (S. 7.) angeführten Stelle Ann. II. 42: finem vitae sponte an fato implevit. In beiden Stellen ist vom natürlichen Tode, im Gegensatz zum gewaltsamen, die Rede; Ann. II. 42. ist ja dieser Gegensatz schon aus dem Wortlaut der Stelle ersichtlich.

2. Speziell casus wird gebraucht von einer ausserhalb der Selbstbestimmung des Menschen gelegenen, in der Regel hemmend wirkenden Kraft, etwas schwächer als fatum, indem bei casus gerade nicht eine der menschlichen Erkenntnis unzugängliche Verschlingung von Ursache und Wirkung zu erkennen ist. Auf die mit casus in diesem Sinne benannte Macht werden Unglücksfälle und Widerwärtigkeiten, die den Menschen betreffen, zurückgeführt: Ann. I. 17. tot casus. 39. Planci gravem et immeritum casum. II. 63. idem Catualdae casus. III. 17. gravem casum miseratus. Nicht verschieden auch IV. 62. ut tali

sorte. 63. quinquaginta hominum millia eo casu dibilitata vel obtrita sunt. 66. adversum casus solatium. VI. 7. tracti sunt in casum eundem. 49. tali super casu. XII. 51. cognitoque nomine et casu. 52. ut casus prioris impatiens. XIV. 6. evasisse gravem casum. 64. casus temporum illorum. XV. 10. adversus urgentes casus firmatus. 38. in eodem casu. XVI. 9. indignissimum casum sapienter tolerans. 13. turbidis casibus. Ich nehme die Stelle allgemein und ziehe daher diese Leseart der andern „urbis casibus“ vor, da ich keinen zwingenden Grund sehe, hier speziell an den Brand zu denken, von dem Rom im Jahre 64. heimgesucht ward und der von Tacitus Ann. XV. 38 bis 42. beschrieben ist, zumal die Lugdunenser selber sechs Jahre vorher abgebrannt waren. XVI. 16. tanta casuum similitudine. Hist. I. 2. opus adgredior opimum casibus. 29. in der Rede des Piso: tristiorem casum paveam. 86. secura eiusmodi casuum. III. 53. casum Cremonae. 74. aramque posuit casus suos in marmore expressam. Agr. 29. quem casum. Germ. 16. adversus casus ignis.

3. Die unter fors, casus zu verstehende Macht liegt nicht nur ausserhalb der Selbstbestimmung des Menschen, sondern ist auch eine unstäte, keineswegs nach sichern Naturgesetzen wie das fatum auf die menschlichen Dinge einwirkende Kraft und bringt daher Wandelbarkeit und Wechselfälle aller Art in den Gang der Ereignisse. Auch in diesem Sinne ist zumeist casus gebraucht: Ann. I. 47. se remque publicam in casum dare. 61. ob casus bellorum et sortem hominum. II. 5. dolo simul et casibus. 23. casuum maris ignarus. 25. nullis casibus superabiles Romanos. 26. satis iam eventuum, satis casuum. VI. 19. sortis humanae commercium. XIII. 42. variis deinde casibus iactatus. XIV. 55. Worte des Nero zu Seneca: quae a me habes, horti et fenus et villae, casibus obnoxia sunt. XV. 36. adversum fortuita. Hist. I. 3. multiplices rerum humanarum casus. 4. casus eventusque rerum. II. 70. varia fors (sors) rerum. III. 58. casum locumque principatus. 66. casibus dubiis reservatum. IV. 5. adversus fortuita. V. 10. ad omnes principatus novi eventus casusve. Germ. 18. extraque bellorum casus. Agr. 3. fortuitis casibus.

4. Da es namentlich das menschliche Leben ist, auf welches fors und casus im eben bezeichneten Sinne einwirken, so wird dieses selber, oder wenigstens eine längere Zeitdauer desselben unter casus zusammengefasst und zwar meistens in ungünstigem Sinne: Ann. III. 24. casum eius paucis repetam. Hier casus sowohl in günstigem, als ungünstigem Sinne zu verstehen, insofern dem in Rede stehenden D. Silanus seine unlautere Verbindung mit einem Gliede des kaiserlichen Hauses in der Folge unter Tiber theilweise verziehen und die Rückkehr aus der freiwilligen, aber durch die Umstände ihm bevorstehenden Verbannung verstattet ward. IV. 53. vitam suam et casus suorum posteris memoravit. Schon aus der copulativen Verbindung der Objecte ist ersichtlich, dass casus im Grunde genommen so viel als vita bedeutet. VI. 51. casus prima ab infantia ancipites. Agr. 25.

suos casus u. 28. indicium tanti casus. An beiden letzten Stellen von abenteuerlichen Erlebnissen, die einen längeren Zeitraum umfassen. Aehnlich sind auch die früher (sub 2) citirten Stellen Ann. XII. 51. u. Hist. III. 74; nur tritt dort die längere Dauer in der Zeit nicht so sehr hervor, es liegt vielmehr der Nachdruck auf dem die betreffenden Personen betroffenen Missgeschick, weshalb die Stellen sub 2. eher ihren Platz finden mögen.

5. Von äusseren Umständen, welche die Ereignisse begleiten, sofern jene nicht nach nothwendigen Naturgesetzen eintreten, sondern auf der Wandelbarkeit des Zufalls beruhen, ist fors gebraucht im Sinne unseres „Umstand, Lage": Ann. III. 5. quae prima fors negavisset. IV. 58. tam incredibilem casum. VI. 23. ultroque incusare casus. XV. 34. ipsam recentis casus fortunam. 48. aderant etiam fortuita. 29. at nunc versos casus.

6. In den bis jetzt angeführten Stellen bezeichnete casus in der Regel eine äussere Macht, welche auf die Ereignisse hemmend und störend einwirkt. Wir finden jedoch casus auch von äusseren Umständen gebraucht, welche die Handlungen der Menschen im entgegengesetzten Sinne begleiten, d. i. günstig und fördernd, und es entwickelt sich die Bedeutung „Gelegenheit". In diesem Sinne ist casus gebraucht: Ann. XI. 9. casus Mithridati datus est occupandi Armeniam. I. 13. si casus daretur. IV. 50. ne — casum insidiantibus aperirent. XII. 28. casum pugnae. XIII. 36. bene gerendae rei casum. XII. 50. casum invadendae Armeniae.

7. Von Handlungen und Ereignissen der verschiedensten Art, die vom Menschen weder im voraus bezweckt sind, noch als Folge unabänderlicher Naturgesetze eintreten, sondern auf dem blinden Zufall beruhen, wird fors am häufigsten gebraucht: Ann. I. 12. dixit forte Tiberius. 13. casu an manibus eius. 49. cetera fors regit. 66. forte — obturbavit. 70. consilia a casu differre. II. 55. ad casum referri. 77. multa quae provideri non possint, fortuito in melius casura. 84. etiam fortuita. III. 31. forte parva res magnum ad certamen progressa praebuit iuveni materiem apiscendi favoris. 72. theatrum igne fortuito haustum. IV. 27. belli semina fors oppressit. 54. forte an quia audiverat. 58. haud forte dictum. 59. ac forte — rumoris. 64. fortuita ad culpam ferentes. 68. fortuitos sermones. 69. forte ortae suspiciones. Hieher gehört auch die Hauptstelle, von der wir für unsere Begriffsbestimmung von fatum und fors ausgegangen: VI. 22. in incerto iudicium est, fatone res mortalium et necessitate immutabili an forte volvantur. 46. forte orto sermone. XI. 31. forte lapsa vox. XII. 22. fortuito sermone. 27. forte acciderat. 43. casibus vita populi Romani permissa est. 60. fortuito prolapsus. XIII. 9. forte priore de causa adito rege. 13. forte illis diebus inspecto ornatu. 25. congressus forte. XIV. 3. referri ad casum. ebend. capax fortuitorum. 5. forte validioribus, hier vom günstigen Zufall. Ebend. quae fors obtulerat. 8. quasi casu evenisset. 11. quod fortuitum fuisse. XV. 18. fortuitus

ignis. 38. forte an dolo. 58. fortuitus sermo. 60. forte an prudens. 72. forte quadam. XVI. 6. fortuita mariti iracundia. Hist. I. 7. forte congruerat. 16. Galba zu Piso: nam generari et nasci a principibus fortuitum. 18. contemptorem talium ut fortuitorum. 31. forte magis et nullo adhuc consilio (die Leseart „timore magis" ist zu verwerfen, weil dadurch der Gegensatz zwischen fors und consilium verloren geht, welcher auch sonst ausdrücklich hervorgehoben wird, z. B. Hist. II. 25. cui cauta potius consilia cum ratione quam prospera ex casu placerent und 80. ratio casus). 81. fortuitusne militum furor an dolus imperatoris. 86. a fortuitis vel naturalibus causis. II. 1. etiam fortuita. 5. cibo fortuito. 9. fors discussit. 21. quocunque casu accidit. 25. prospera ex casu. 42. seu dolo seu forte. 43. forte — legiones congressae sunt. 60. pleraque fortuita. 68. forte obvius. 80. casus obversantur. 91. forte — censuerat. III. 10. forte — cesserat. 11. vacantium forte balinearum. 18. forte acti (recti? victi??). 21. ut fors tulerat. 25. oblatum forte patrem. 73. per varios casus elapsi. IV. 1. ut quemque fors obtulerat. 23. fortuita belli. 26. fors seu natura. 29. casus incerti. Ebend. fors cuncta turbare u. non forte iaciebat. 34. forte Civilis — indidit. 49. ne qua motus novi causa vel forte oriretur. 50. obvium forte servum. 62. forte obvio interfectore Voculae Longino. V. 3. fortuitum iter incipiunt. Germ. 7. non casus nec fortuita conglobatio. 10. fortuito spargunt. 11. fortuitum et subitum. 30. fortuita pugna. 39. si forte prolapsus est. Agr. 3. fortuitis casibus.

8. Mit geringer Modification der Bedeutung, jedoch in sehr nahem, logischem Zusammenhang mit den eben angeführten Stellen wird casus gebraucht von Handlungen, deren Ausgang sich keineswegs vorher bestimmen lässt, sondern auf dem blinden Zufall beruht: Ann. VI. 44. proelium et festinati casus. XII. 33. novissimum casum experitur. Hist. II. 8. ceterorum casus conatusque. 48. remisisse rei publicae novissimum casum.

9. Nicht zu verwechseln mit den früher sub 7. angeführten Stellen sind die Fälle, wo forte, völlig zum Adverb geworden, die im Vorhergehenden entwickelte Grundbedeutung verloren hat. Um eine etwaige Verwechslung mit jenen ungleich wichtigeren Stellen zu verhüten, wollen wir auf die diesbezüglichen blos hinweisen, ohne dass wir dahinter eine tiefere Bedeutung suchen. Forte ganz adverbiell im Sinne unseres „eben, gerade" finden wir: Ann. II. 33. 42. IV. 42. 52. XII. 4. XIII. 47. XIV. 56. XVI. 2. 19. Hist. II. 35. III. 57. 66. IV. 27. 74. Auch in manchen der oben sub 7. angeführten Stellen scheint, äusserlich betrachtet, forte dieselbe rein adverbiale Bedeutung zu haben. Allein bei genauerer Betrachtung der betreffenden Stellen im Zusammenhang dürfte es sich unschwer zeigen, dass in jenen früher beigebrachten der Hauptnachdruck auf dem ganz ungefähren Eintritt der Handlung liegt.

10. Fors endlich als Göttin personificirt finden wir Ann. II. 41. aedes Fortis Fortunae.

Ziehen wir aus voranstehender über die Begriffe fatum und fors angestellten Excursion das Resultat, indem wir zur Hauptstelle, von der wir ausgegangen, zur Stelle Ann. VI. 22. „fatone an forte volvantur" zurückkehren, so müssen wir uns gestehen, dass der dort von Tacitus ausdrücklich hingestellte Zweifel keineswegs gelöst ist. Es ergibt sich aus unserer Betrachtung, dass die Begriffe fatum und fors bei Tacitus sich keineswegs so wie Gegensätze zu einander verhalten, sondern vielmehr manchmal fast in synonymem Sinne gebraucht werden z. B. in den Stellen Ann. II. 42. finem vitae sponte an fato implevit und Ann. XII. 52. morte fortuita, an per venenum exstinctus esset. Wenn Tacitus das einemal vom Tode durch das fatum, das anderemal vom zufälligen Tode spricht, so haben wir offenbar nur eine Verschiedenheit des Ausdrucks für den natürlichen Tod im Gegensatz zum gewaltsamen, welcher Gegensatz ja ausdrücklich an beiden Stellen hervorgehoben ist, nur ist an letzterer mehr an die ungefähren Umstände zu denken, von welchen das natürliche Ereignis begleitet ist. Die Begriffe fatum und fors stehen also beide auf derselben logischen Leiter und bezeichnen im Allgemeinen die Ursache dessen, was in der Zeit eintritt. Nur ist fatum der stärkere Begriff und bezeichnet eine mit Naturnothwendigkeit wirkende Macht, unerkennbar dem Auge des Einzelnen, die in der Zeit weit hinaufreichende Verkettung von Ursache und Wirkung. Der Mensch also hat gegenüber der Wirkung des fatum keinerlei Freiheit und Selbstbestimmung. Fors (casus) ist gleichfalls eine ausserhalb des Menschen liegende Macht, auf die er so wenig als auf das fatum selbstbestimmend einwirken kann, nur wirkt fors nicht mit Naturnothwendigkeit wie das fatum, sondern von ungefähr.

An die beiden eben dargelegten Begriffe fatum und fors ist noch ein dritter zu reihen, der eine beiden verwandte Bedeutung hat, der Begriff fortuna. Der Grundtypus der mit fortuna bezeichneten Macht, wie er sich bei Tacitus ausgeprägt findet, ist im Grunde genommen der der römischen Fortuna, oder der griechischen Tyche überhaupt. Diese führt das zwiefache Steuerruder, das des Glückes und Unglücks, nach ihrem Gutdünken, und der Mensch ist ihr gegenüber gleichsam ein auf den schaukelnden Wogen ohne sicheres Ziel auf- und abfahrendes Schiff. Nicht blos der einzelne Mensch, sondern ganze Staaten sind den Launen der Fortuna unterworfen. Als Geberin des Glückes finden wir sie daher vielfach göttlich verehrt. In dieser Bedeutung ist 1. Fortuna bei Tacitus dem herrschenden Gebrauche gemäss ausdrücklich als Göttin erwähnt: Ann. II. 41. mit Fors verbunden. III. 71. XV. 17. 23 (im Plural). 53. Hist. I. 52. 56 (die Vulgata hier zwar fortunam im abstracten Sinne, allein die Stelle ist meines Erachtens in nichts verschieden von der voranstehenden). III. 50.

Sowol im Privat- als öffentlichen Leben bekundet die Fortuna ihre Wirkung in der mannigfaltigsten Weise, weshalb wir denn auch fortuna in abstracter Bedeutung verschiedenartig gebraucht finden.

In ähnlichem Sinne wie fatum (sub 3, S. 7.) von einer der menschlichen Berechnung entzogenen, verborgen wirkenden Ursache finden wir 2. fortuna gebraucht: Ann. III. 18. quippe fama, spe, veneratione potius omnes destinabantur imperio, quam quem futurum principem fortuna in occulto tenebat. XII. 41. spectaret hunc populus decore imperatorio, illum puerili habitu ac perinde fortunam utriusque praesumeret; fortuna hier die beiden „vom Geschicke zugewiesene künftige Lebensstellung". Hist. II. 1. struebat iam fortuna in diversa parte terrarum initia causasque imperio, quod — exitio fuit. 7. nec referre, Vitellium an Othonem superstitem fortuna faceret. Wenn wir an diesen Stellen Ereignisse als von der fortuna vorbereitet hingestellt finden, so ist dabei so wenig als oben bei fatum an eine höhere Vorherbestimmung der menschlichen Dinge zu denken, sondern wir ersehen in fortuna gleichfalls nur eine Macht, deren Wirken der menschlichen Berechnung verschlossen ist, ohne dass sie desshalb gerade eine überirdische wäre.

3. Entsprechend dem Grundcharakter der concret gefassten Fortuna ist auch fortuna in abstractem Sinne eine unstäte, unverlässliche Macht, die Wandelbarkeit und Wechselfälle aller Art in den Gang der Ereignisse bringt; wir finden daher fortuna synonym mit casus (sub 3, S. 12.) gebraucht. Ann. II. 54. varietate fortunae. 88. cum varia fortuna certaret. IV. 1. cum repente turbare fortuna coepit. V. 6. versa est fortuna. XII. 17. dispar fortuna fuit. 47. tantam fortunae commutationem. XIV. 63. melioris olim fortunae recordatione. XV. 13. quotiens fortuna contra daret. XVI. 1. inlusit dehinc Neroni fortuna. Hist. I. 48. fama meliore quam fortuna. 65. si fortuna contra daret. 66. mutationem fortunae male tegebat. II. 23. fortunam proelii. 46. excitare partium fortunam (dem Geschicke der Parteien durch eine energische That eine ihnen günstige Wendung zu geben), unmittelbar hernach c. 47. sagt Otho zu den Soldaten: experti invicem sumus, ego ac fortuna. 54. versam partium fortunam. 74. plus minusve sumi ex fortuna. III. 16. versa fortuna. 18. ubi fortuna contra fuit. Um die Bedeutung von fortuna an dieser Stelle richtig zu erfassen, sehe man auf das Voraufgehende: laeto inter initia equitum suorum proelio; die richtige Bedeutung ergibt sich also aus dem Gegensatz laeto und contra. 19. tam anceps proelii fortuna. 23. neutro inclinaverat fortuna. 41. ruentis fortunae novissima libido. 49. fortuna imperii transit. 59. ni Vitellium retro fortuna vertisset. IV. 14. ambiguam fortunam. 24. fortunam virtutemque suam. Der Sinn von fortuna ergibt sich aus dem Zusammenhang. Trotz ihres Kampfesmutes sehen sich die Soldaten den blinden Launen des Geschickes dadurch überantwortet, dass ihr hinfälliger Führer, Hordeonius Flaccus, durch seine Saumseligkeit und Unentschiedenheit der von ihm vertretenen Sache mehr schadet als nützt. 28. meliore usi fide quam fortuna. 33. fortuna pugnae mutatur. 34. varia apud Romanos fortuna. 46. neu in pari causa disparem fortunam paterentur. 47. Die Hauptstelle für diese Bedeutung von

fortuna: magna documenta instabilis fortunae summaque et ima miscentis. 52. nam amicos tempore, fortuna, cupidinibus aliquando aut erroribus imminui, transferri, desinere. 58. in der Ansprache des Vocula an die Soldaten: si fortuna in praesens virtusque deseruit. 74. Petilius Cerialis an die Treverer und Lingonen: moneant vos utriusque fortunae documenta. An dieser Stelle begegnet uns fortuna mit etwas modificirter Bedeutung, ohne dass jedoch der uns vorschwebende Grundbegriff des Wortes verloren gienge. Den Angeredeten ist die Wahl gegeben zwischen Glück und Unglück (utraque fortuna); die Treue hat Glück, die Untreue Unglück zur Folge, und eben in diesen Extremen ist das unstäte Wesen der fortuna bezeichnet. V. 20. multa ausis aliqua in parte fortunam adfore. „aderat fortuna“ wird allerdings, wie wir gleich sehen werden, von der günstigen Einwirkung der fortuna auf die Ereignisse gebraucht, allein unsere Stelle hat im Zusammenhang betrachtet einen ganz andern Sinn. Von vielen Unternehmungen, heisst es, werde das Glück doch einige begünstigen; also ist die Hülfe der Fortuna nicht eine absolut sichere, sondern eine unzuverlässliche, wenn von vielen Unternehmungen nur einige mit Erfolg gekrönt sind. Die von Heraeus zu adfore beigebrachten Parallelen sind daher streng auf den sprachlichen Ausdruck zu beschränken. 21. versa fortuna. 24. fortunam belli — mutare. Germ. 30. fortunam inter dubia, virtutem inter certa numerare. Agr. 30. in der Rede des Calgacus: varia fortuna certatum est.

4. In etwas modificirter Bedeutung, jedoch in nahem Zusammenhang mit den eben beigebrachten Stellen finden wir fortuna gebraucht von erst eintretenden oder wenigstens erst im Verlaufe begriffenen Handlungen, deren Erfolg auf dem wechselnden Glücke beruht. Aehnlich die unter fors (8, S. 14.) angeführten Fälle: Ann. I. 31. mente ambigua fortunam seditionis alienae speculabantur. VI. 44. ut — fortunam tentarent. Hist. II. 27. omnem belli fortunam. 31. trahi bellum an fortunam experiri. 86. ceteris fortunam secuturis. III. 5. fortuna partium alibi transacta. 79. fortunam partium speculabantur. IV. 20. fortunam proelii. In der oben (S. 16.) bereits angeführten, mit dieser äusserlich zwar ähnlichen Stelle Hist. II. 23. hat fortuna nicht die in Rede stehende Bedeutung. An jener Stelle liegt der Nachdruck auf dem Wechsel des Glückes, an unserer Stelle jedoch auf der Entscheidung der Handlung durch das Glück. Germ. 3. futuraeque pugnae fortunam ipso cantu augurantur.

5. Mit fors in den sub 7 (S. 13.) angeführten Stellen finden wir fortuna identificirt und vom blinden Zufall gebraucht: Ann. I. 11. quam subiectum fortunae regendi cuncta onus. Hist. III. 60. initia bellorum civilium fortunae permittenda, wo besonders aus dem unmittelbar folgenden Gegensatz „victoriam a consiliis et ratione proficisci“ die Bedeutung von fortuna ganz klar zu Tage tritt.

In allen diesen Fällen tritt der Grundbegriff von fortuna recht klar hervor; insofern nemlich fortuna von Handlungen und Ereignissen gebraucht ist, die noch in der Zukunft liegen oder wenigstens, wenn schon eingetreten, doch erst in ihrem Verlaufe begriffen sind, ist die hier mit fortuna bezeichnete Macht bezüglich ihrer Einwirkung auf die Dinge noch eine indifferente. Der Erfolg der Ereignisse kann günstig, aber auch gerade das Gegenteil, ungünstig sein. Ungleich häufiger sind jedoch die im Begriffe fortuna liegenden Gegensätze von einander abgelöst, namentlich wenn fortuna von Ereignissen gebraucht ist, welche bereits zur Vollendung gekommen und in Zustände übergegangen sind, und fortuna begegnet uns sonach in den einen Fällen als ausschliesslich günstig, in den andern als ausschliesslich ungünstig wirkende Macht.

6. Von fortuna als einer ausschliesslich günstig wirkenden Macht: Ann. II, 25. utrisque adfuit fortuna. III. 24. valida divo Augusto in rem publicam fortuna. 55. quamquam fortuna vel industria plerique pecuniosam ad senectam pervenirent. IV. 39. nimia fortuna socors. VI. 22. hi prospera (fortuna) inconsulte utantur. XI. 17. secunda fortuna ad superbiam prolapsus. XII. 24. pro fortuna pomerium auctum. 29. fortuna elati. 64. si qua ex fortuna prospera acceperant. XIII. 39. pari fortuna. 41. pro benignitate fortunae. XIV. 6. fortuna eius evasisse gravem casum. 11. publica fortuna exstinctam. 38. prospera ad fortunam rei publicae referebat. XV. 5. moderandum fortunae ratus. 34. fortunam celebrans. XVI. 6. aliaque fortunae munera pro virtutibus. Hist. I. 49. quinque principes prospera fortuna emensus. II. 12. blandiebatur coeptis fortuna. 20. modumque fortunae. 33. fortunam — adfore conatibus testabantur. 64. fortunae inlecebris. 76. in der Rede des Mucianus: si fortuna coeptis adfuerit. 80. mens a metu ad fortunam transierat; hier „Hoffnung auf das Glück“, wie aus dem anfangs des cap. gebrauchten Gegensatz „spes timor“ hervorgeht. 82. quibusdam fortuna pro virtutibus fuit. 84. indulgentia fortunae. 99. nimia fortunae indulgentia. III. 2. in der Rede des Antonius: quibus fortuna in integro est. 17. ea necessitas seu fortuna. 32. fortuna famaque. 46. adfuit ut saepe alias fortuna populi Romani. 59. quae (fortuna) Flavianis ducibus non minus saepe quam ratio adfuit. 64. fortunam partium. 65. tanquam invidia et aemulatione fortunam fratris moraretur; fortuna hat hier nicht die spezielle Bedeutung „Erhebung durch das Glück“, die sonst allerdings vorkommt und die Heraeus auch hier vermuthet. Der im Verb morari liegende Begriff lässt sich mit dieser Bedeutung nicht vereinbaren. Die bereits geschehene Erhebung durch das Glück lässt sich nicht mehr hintanhalten, wol aber kann man vom Versuche sprechen, den Lauf des Glückes zu hemmen, und in diesem Sinne ist unsere Stelle zu fassen. 82. pro Flavianis fortuna. IV. 51. pari audacia fortunaque. 57. fortunam imperii. 67. fortuna melioribus adfuit. 74. Petilius Cerialis an die Treverer und Lingonen: octingentorum annorum fortuna disciplinaque compages haec coaluit. 78. secutusque fortunam. 81. Vespasianus cuncta fortunae suae patere ratus. V. 10. fortuna famaque. 15. Civilis instare fortunae. 21.

aderat fortuna. Germ. 33. nihil iam praestare fortuna maius potest quam hostium discordiam. 36. Cattis victoribus fortuna in sapientiam cessit. Agr. 8. ad auctorem et ducem, ut minister, fortunam referebat. 16. unius proelii fortuna. 44. quid aliud adstruere fortuna poterat?

7. Die günstige Wirkung der in fortuna zu erkennenden Macht kann auch darin bestehen, dass der Mensch durch sie zu Ehre und persönlichem Ansehen, zu einer hohen gesellschaftlichen Stellung, ja selbst zur höchsten Würde im Staate gelangt. In diesem Sinne ist fortuna gebraucht: Ann. II. 63. ex memoria prioris fortunae. 71, in der Rede des sterbenden Germanicus: si me potius quam fortunam meam fovebatis. 72. gravitatem summae fortunae. IV. 13. magnae fortunae pericula. 18. destrui per haec fortunam suam Caesar — rebatur. VI. 6. Tiberium non fortuna, non solitudines protegebant. 27. inlustri tamen fortuna egere. XI. 12. velut translata iam fortuna. 30. ceteros fortunae paratus. XII. 2. dignum prorsus imperatoria fortuna. 12. summam fortunam in luxu ratum. 19. ex similitudine fortunae. 37. in der Rede des gefangenen Caractacus: quanta nobilitas et fortuna. XIII. 6. in summa fortuna. 13. summa fortuna. 46. ibi se summa fortuna digna visere. XIV. 53. in der Rede des Seneca: nec meae fortunae sed tuae. 60. ex mediocritate fortunae pauciora pericula; hier im weiteren Sinne zu fassen, indem fortuna hier nicht die speciell günstigen Lebensverhältnisse bedeutet, sondern ganz allgemein die „vom Geschicke zugewiesene Lebensstellung“. Der ganz gleiche Gedanke übrigens oben IV. 13; anders jedoch die in anderem Zusammenhange (S. 16.) beigebrachte Stelle Ann. XII. 41. fortunam utriusque, wo fortuna nicht die gegenwärtige, sondern die aus den Anzeichen der Gegenwart zu ahnende künftige Lebensstellung bedeutet. XV. 1. in summa fortuna. 52. fortunae suae mole. Hist. 1. 10. post fortunam. 12. hiantes in magna fortuna amicorum cupiditates. 15. in den Worten des Galba an Piso: dignus hac fortuna u. cum fortuna nostra. 62. fortunam principatus. 77. ad capessendam principatus fortunam. II. 1. ingenium quantaecunque fortunae capax. Ob die schon oben (S. 18.) beigebrachte Stelle Hist. IV. 81., welche Heraeus als Parallele hieher heranzieht, die in Rede stehende Bedeutung habe, lasse ich dahin gestellt sein; es ist dort von einer wunderthätigen Heilung die Rede, welche Vespasian ausübt, weshalb es mir gerathener scheint, fortuna an jener Stelle in der allgemeinen Bedeutung „Glück“ als in der speziellen „kaiserliche Lebensstellung“ zu nehmen. II. 59. cunctis fortunae principalis insignibus. 61. inserere sese fortunae. 81. speciem fortunae principalis. III. 43. Vespasiano ante fortunam amicus. 68. relicta fortunae suae sede. IV. 85. vim fortunamque principatus. V. 1. ut super fortunam crederetur. Agr. 7. ex paterna fortuna tantum licentiam usurpante (zum Gedanken vergleiche Hist. IV. 2). 13. initium venturae mox fortunae.

8. Von ausschliesslich materieller Begünstigung des Glückes ist

fortuna gebraucht in der Bedeutung „irdische Güter, Vermögen": Ann. II. 33. ex fortuna possidentis. IV. 23. fortunae inops. VI. 17. multique fortunis provolvebantur. XIII. 21. in der Vertheidigungsrede der Agrippina: adesis omnibus fortunis. XIV. 21. pro fortuna. 31. omnes fortunas effundebant. 54. in der Rede des Seneca: in tuam fortunam recipi. 55. in der Entgegnung des Nero: nondum omnes fortuna antecellis. XV. 38. amissis omnibus fortunis. XVI. 33. exutusque omnibus fortunis. Germ. 21. pro fortuna quisque apparatis epulis excipit. 39. adiicit auctoritatem fortuna Semnonum. 46. suas alienasque fortunas. Agr. 31. in der Rede des Calgacus: bona fortunaeque in tributum aggerata (lacerantur? aguntur??).

9. In gerade entgegengesetztem Sinne zur Bezeichnung von Missgeschicken und Widerwärtigkeiten der verschiedensten Art (analog casus sub 2, S. 11.) ist der Begriff fortuna gebraucht: Ann. II. 38. inter angustias fortunae. 72. saevienti fortunae. 75. infelici fecunditate fortunae totiens obnoxia. III. 16. in Piso's Abschiedsbrief an den Kaiser: qualicunque fortunae meae non est adiunctus. V. 8. adversam fortunam. VI. 22. gravem fortunam. XI. 38. fortunam suam introspexit. XII. 26. Britannici fortunae maeror. 37. in der Rede des gefangenen Caractacus: mea fortuna. XVI. 29. tristem patris fortunam. Hist. I. 15. in der Rede des Galba an Piso: fortunam adhuc tantum adversam tulisti. II. 46. contra fortunam. 97. adversam eius fortunam ex aequo detrectabant. III. 9. omissa prioris fortunae defensione. 31. cedere fortunae. IV. 1. fortunae captae urbis. 31. fortunam partium praesens fatebatur. 54. eandem ubique exercituum nostrorum fortunam rati.

10. Von äusseren Umständen, welche Ereignisse und Zustände begleiten, namentlich von der äusseren Lage, in welche der Mensch gerade versetzt ist, ist gleichfalls der Begriff fortuna gebraucht, und zwar kann der Grundbedeutung des Begriffes entsprechend die Wirkung sowohl günstig als ungünstig sein (analog fors sub 5, S. 13.) Ann. II. 83. neque enim eloquentiam fortuna discerni. III. 15. sociam se cuiuscunque fortunae — promittebat. VI. 8. in der Vertheidigung des M. Terentius: fortunae quidem meae. XII. 18. ad praesentem fortunam. 21. pro fortuna. XV. 28. dissimilitudo fortunae. XVI. 14. similitudine fortunae. Hist. IV. 5. quali fortuna sit usus.

11. Ganz vereinzelt ist endlich der Begriff fortuna gebraucht Ann. XVI. 11. servavitque ordinem fortuna, und bedeutet hier das unmittelbar bevorstehende „Todesgeschick" analog den unter fatum (sub 1, S. 7.) angeführten Fällen. Ueberhaupt ergibt sich aus unserer Betrachtung über den Begriff fortuna, dass dieser vielfach mit fatum, noch öfter mit fors (casus) der Bedeutung nach identisch ist und ebenso wie diese beiden Begriffe eine Macht bedeutet, welche auf den Gang der Ereignisse teils fördernd, teils hemmend einwirkt, ohne dass der Mensch ihr gegenüber irgend welche Selbstbestimmung hat. Der von Tacitus Ann. VI. 22. ausgesprochene Zweifel „mihi in incerto

iudicium est, fatone res mortalium et necessitate immutabili an forte volvantur" ist also ebenso gut auf die mit fortuna bezeichnete Macht zu beziehen und findet an unzähligen Stellen seine Festigung und Begründung, indem Tacitus im Unklaren ist, welcher von diesen dreien ausserhalb der Erkenntnis und Selbstbestimmung des Menschen gelegenen Mächten fatum, fors, fortuna er einen überwiegenden Einfluss auf die Weltregierung zuschreiben soll, weshalb denn auch die sprachlichen Begriffe keineswegs scharf gesondert sind, sondern vielfach ineinander übergehen, ja oft synonym gebraucht sind, was aus unserer über die betreffenden Begriffe angestellten Digression zur Genüge ersichtlich ist. Als Hauptresultat unserer bisherigen Untersuchung ergibt sich demnach, dass Tacitus weder dem Fatalismus der Stoiker, noch auch der Casuistik der Epicureer sich vollends anzuschliessen vermag.

In sehr nahem Zusammenhang mit der bis jetzt entwickelten Anschauung des Tacitus über den Gang der Weltereignisse steht seine Ansicht über das Wesen der Götter, insofern der Schriftsteller auch hierin mehr zweifelnd und negativ auftritt, als dass er in bestimmter Form seine Ansicht aussprüche. Allerdings spricht Tacitus oft von den Göttern, von der Einwirkung derselben auf die Ereignisse, und zwar dem herrschenden Gebrauche gemäss in der Regel im Plural, doch dass es ihm mit dem Glauben an persönlich existirende Götter, wenn er von diesen spricht, auch Ernst gewesen, lässt sich durch keine Stelle zur Evidenz erweisen. Stellen, wo der Schriftsteller in directer Form die Worte eines andern referirt, wie Ann. VI. 8. Hist. I. 15. u. ä. m., oder wo sonst indirect die Ansicht eines andern ausgesprochen ist, wie Ann. XIII. 56. XV. 14. etc. entziehen sich natürlich unserer Betrachtung. Wenn z. B. Ann. I. 30. 39. XIII. 17. 41. Hist. IV. 54. u. o. vom Zorne der Götter die Rede ist, so sind die Stellen nicht im Sinne des Tacitus zu fassen. Ja nicht einmal Ann. VI. 22., wo von der Sorge der Götter die Rede ist, ist für unsern Zweck als beweiskräftig heranzuziehen, indem Tacitus nur die Lehre der Epicureer referirt „non denique homines diis curae". Es haben also im Allgemeinen nur jene Stellen Beweiskraft, wo die Person des Historikers subjectiv in den Vordergrund tritt. Von thatsächlichem Eingreifen der Götter auf den Gang der Ereignisse lesen wir als ausschliesslich im Sinne des Tacitus an folgenden Stellen: Ann. XIV. 5. noctem sideribus inlustrem et placido mari quietam quasi convincendum ad scelus dii praebuere. XVI. 13. tot facinoribus foedum annum etiam dii tempestatibus et morbis insignivere. Speziell von der Gunst und Gnade der Götter lesen wir: Ann. IV. 27. cum velut munere deum tres biremes adpulere ad usus commeantium illo mari. XII. 43. magnaque deum benignitate et modestia hiemis rebus extremis subventum. Hist. III. 33. solum Mephitis templum stetit ante moenia loco seu numine defensum. 72. propitiis si per mores nostros liceret deis. IV. 78. nec sine ope divina mutatis repente animis. 81. multa miracula evenere, quis coeli favor et quaedam in Vespasianum inclinatio numinum ostenderetur. Germ. 33. seu superbiae odio, seu praedae dulcedine, seu favore quodam erga nos deorum. Gunst und Ungunst der Götter ist zusammengestellt Germ. 5. argentum et aurum propitii an irati dii negaverint dubito. Ausschliesslich von Missgunst, Zorn und Rache der Götter ist die Rede: Ann. IV. 1. non tam sollertia quam deum ira in rem Romanam. XIV. 22. secutaque anceps valetudo iram deum adfirmavit. XVI. 16. ira illa numinum in res Romanas fuit. Hist. II. 38. eadem illos deum ira, eadem hominum rabies, eaedem scelerum causae in discordiam egere. IV. 84. cunctantem varia pernicies morbique et manifesta coelestium ira graviorque in dies fatigabat. Speziell von der Sorge und Rücksichtnahme der Götter auf menschliche Dinge spricht Tacitus Ann. XIV. 12. quae adeo sine cura deum eveniebant, ut multos post annos Nero imperium et scelera continuaverit. XVI. 33. aequitate deum erga bona malaque documenta. Hist. I. 3. non esse curae deis securitatem nostram. Ausser diesen Stellen ist noch vielfach von der Einwirkung der Götter auf den Gang der Dinge, von ihrer Huld, ihrem Zorne u. s. w. die Rede, allein es würde zu weit führen alle diesbezüglichen Stellen anzuführen, und wenn wir früher bei Besprechung der Begriffe fatum, fors etc. auch die nicht streng im Sinne des Tacitus zu fassenden Stellen herangezogen, so geschah es, um mit der Untersuchung der Ansicht des Tacitus zugleich die Sinnesentwicklung der betreffenden Begriffe, wie sie bei Tacitus überhaupt vorkommen, möglichst vollständig zu geben.

Wenn wir an den vorliegenden Stellen vom persönlichen Eingreifen der Götter in den Gang der Ereignisse lesen, so ist der Ausdruck nicht wörtlich, sondern bildlich zu verstehen, wie Ann. IV. 27. durch den Beisatz von velut und XIV. 5. durch quasi ersichtlich gemacht ist. Desgleichen ist Hist. IV. 81. durch quaedam, sowie durch den Conjunctiv ostenderetur angezeigt, dass die Stelle nicht im Sinne des Tacitus zu fassen ist, sondern im Sinne derer, welche an die Huld der persönlichen Götter glauben. Hist. III. 33. und Germ. 33. ist durch die disjunctive Form seu — seu, wodurch die Wirkung der Götter neben natürliche Ursachen hingestellt ist, zugleich angezeigt, dass der Schriftsteller die erstere nicht unbedingt anerkennt. Dass Tacitus an die Gnade, Huld, Strafe etc. persönlich existirender Götter nicht glaubt, zeigt recht augenscheinlich Hist. IV. 26. quod in pace fors seu natura, tunc fatum et ira dei vocabatur. Tacitus will hier offenbar sagen: Die unerfahrene Masse führt Ereignisse, deren natürliche Gründe sie nicht zu durchschauen vermag, auf die Götter zurück. Ann. XIII. 17. ist von der Leichenfeier des durch Gift getödteten Britannicus die Rede, welche geschehen sei, adeo turbidis imbribus, ut vulgus iram dei portendi crediderit, welcher Bemerkung Tacitus unmittelbar sein eigenes Urtheil anschliesst: adversus facinus, cui plerique etiam hominum ignoscebant antiquas fratrum discordias et insociabile regnum aestimantes. Auch hier finden wir die Meinung des Volkes berichtigt und den Zorn der Götter auf andere Gründe zurückgeführt, nemlich auf den im Herzen der Brüder schon lange glimmenden Hass, der plötzlich zum Untergange des einen zum Ausbruch kommt. Auch Hist. II. 38. ist ausdrücklich beigesetzt, was unter dem Zorne der Götter zu verstehen sei. Die Leidenschaft der Menschen, ihre eigene Frevelhaftigkeit ist die Quelle der Leiden (eadem hominum rabies, eaedem scelerum causae) und diese Leiden als selbst herbeigeführte Strafe nennt Tacitus den göttlichen Zorn. In diesem Sinne gefasst ist also der Zorn der Götter nichts übernatürliches, sondern etwas durch die Schlechtigkeit des Menschen selbst vorbereitetes, die natürliche Folge der Schlechtigkeit. Diese Bedeutung ergibt sich bei näherer Beachtung des Zusammenhanges an allen den angeführten Stellen, wo vom göttlichen Zorne die Rede ist, von selbst. Nur Hist. IV. 84. lässt sich die Stelle nicht so fassen; übrigens haben wir es dort, wenn auch die Stelle äusserlich objectiv gehalten ist, nicht mit der Ansicht des Tacitus zu thun, sondern der Schriftsteller erzählt nach fremden Quellen den Ursprung des dem Serapis geheiligten Tempels und die daran sich knüpfende sagenhafte Geschichte (c. 83. origo dei nondum nostris auctoribus celebrata: Aegyptiorum antistites sic memorant: folgt die Erzählung, welche c. 84. abschliesst: haec de origine et adventu dei celeberrima). Ebenso zu fassen als einer andern Quelle entnommen ist die äusserlich gleichfalls objective Stelle Ann. XIII. 41. adiicitur miraculum velut numine oblatum. Wenn weiter Ann. XVI. 13. gesagt ist, dass die Götter das durch so viele Schandthaten berüchtigte Jahr (65) auch äusserlich durch Stürme und Seuchen gekennzeichnet haben, so ist gleich im Folgenden das, was eingangs bildlich als Schickung der Götter bezeichnet wird, auf seine natürlichen Gründe zurückgeführt. Die bildliche Redeweise ist ausserdem hyperbolisch gehalten, wie namentlich aus den Worten hervorgeht: dum assident, dum deflent, saepe eodem rogo cremabantur. Auch Hist. IV. 78. ist unter ope divina in bildlicher Redeweise nichts anderes gemeint, als dass auf unbegreifliche Weise eine Wandelung in die Gemüther gekommen, welche Bedeutung sich ja mit Leichtigkeit schon aus dem Grundbegriff von „divinus“, der nicht immer im wörtlichen Sinne das wirklich von den Göttern Ausgehende bedeutet, ergibt. Nach Analogie der bereits besprochenen Stellen dürfen wir wohl auch Ann. XII. 43. und Hist. III. 72. dieselbe symbolische Auffassung des Götterbegriffes annehmen. Ann. XIV. 12 und XVI. 33. ist endlich die Einwirkung persönlich existirender Götter auf den Gang der Ereignisse nicht nur in Frage gestellt, sondern in einigem Anklang an die Lehre des Epicur geradezu geläugnet. Aehnlich ist Hist. I. 3. „adprobatum est non esse curae deis securitatem nostram, esse ultionem“ die Sorge der Götter ausdrücklich in Abrede gestellt, das Strafgericht zugestanden als unabwendbare Folge der menschlichen Lasterhaftigkeit, keineswegs aber als Zulassung persönlicher Götter.

Ausser diesen ausschliesslich im Sinne des Tacitus zu verstehenden Stellen dürften noch einige andere, wo nicht gerade des Historikers eigenste Ansicht ausgesprochen ist, doch unsere Auffassung noch einigermassen erhärten. Ann. XVI. 2. lesen wir: non enim solitas tantum fruges, nec confusum metallis aurum gigni, sed nova ubertate provenire terram et obvias opes deferre deos: quaeque alia summa facundia nec minore adulatione servilia fingebant securi de facilitate credentis. Mit nicht zu verkennender Sittenstrenge rügt hier Tacitus offenbar den Servilismus der Lobhudler des Nero, welche diesem sogar die Götter dienstbar erscheinen lassen; dass er selber an solch aussergewöhnliche Götterhuld nicht glaubt, lehrt wohl der Zusammenhang. An drei Stellen sind die Götter mit fortuna in enge Beziehung gebracht: Ann. XIII. 41. aliaque in eandem formam de-cernuntur adeo modum egressa, ut C. Cassius de ceteris honoribus adsensus, si pro benignitate fortunae diis grates agerentur, ne totum quidem annum supplicationibus sufficere disseruerit, XIV. 6. benignitate deum et fortuna eius evasisse gravem casum, u. Hist. II. 33. fortunam et deos et numen Othonis adesse consiliis, adfore conatibus testabantur. An der ersten Stelle ist zwar fortuna als von den Göttern verliehen bezeichnet, allein die zwei anderen Stellen zeigen recht augenscheinlich, dass wir es mit coordinirten Begriffen zu thun haben in der unter fortuna (sub 6, S. 18.) entwickelten Bedeutung, dass also „dei" Tacitus nicht von persönlichen Göttern versteht. An vielen Stellen lesen wir von der Götterverehrung, von Dankfesten, welche den Göttern zu Ehren gehalten werden. Manche dieser Stellen er-härten unsere oben dargelegte Auffassung vom göttlichen Zorn. Der sittlichen Verdorbenheit, die bereits allgemein Platz gegriffen hat, lässt sich nicht steuern durch Berufung auf die Götter, indem es der Mensch-heit an dem inneren sittlichen Halte fehlt. Man benützt die Götter-verehrung, um die eigene Verworfenheit zu bemänteln, ja man stellt sogar für das Gelingen ruchloser Thaten öffentliche Dankfeste an. Ann. II. 27—32. Libo Drusus von falschen Freunden umgarnt und bei Tiber revolutionärer Neuerungen angeklagt, entleibte sich angesichts der bevorstehenden Verurteilung, worauf im Senate Dankfeste be-schlossen werden, als ob der Staat durch den Tod des Libo von der grössten Gefahr errettet worden wäre, weil er dem vortrefflichen Tiber nach dem Leben getrachtet. Tacitus verurtheilt ein solches Vor-gehen kurz mit den Worten: quorum auctoritates adulationesque rettuli, ut sciretur vetus id in re publica malum. — Ann. IV. 17. Neronem quoque et Drusum iisdem diis commendavere non tam cari-tate iuvenum quam adulatione: quae moribus corruptis perinde anceps, si nulla et ubi nimia est. — Nachdem Tiber seine Schwieger-tochter Agrippina, über deren Charakter Tacitus Ann. I. 41. IV. 12. und IV. 54. in kurzen aber bezeichnenden Ausdrücken das ehren-wertheste Urteil abgibt, durch harte Beschuldigungen beim Senate ver-dächtigt (Ann. V. 3) und endlich ihren Tod, sei es freiwillig oder un-freiwillig von ihrer Seite, herbeigeführt hatte, wird den Göttern dafür

Dank beschlossen, Ann. VI. 25. — Ann. XII. 8. addidit Claudius
sacra ex legibus Tulli regis piaculaque apud lucum Dianae per pon-
tifices danda, inridentibus cunctis quod poenae procurationesque
incesti id temporis (wo ja Claudius selber einen Incest begangen)
exquirerentur. — Ann. XIV. 10. nach der Ermordung der Agrippina,
der allerdings selbst vielfach berüchtigten Mutter des Nero: amici dehinc adire templa et coepto exemplo proxima Campaniae municipia
victimis et legationibus laetitiam testari; ähnlich gleich nachher cap. 12.
— Ann. XIV. 61: exin laeti Capitolium scandunt deosque tandem
venerantur (nachdem man früher mit der Götterverehrung sein Ge-
spött getrieben,) 64: dona ob haec templis decreta: quod ad eum
finem memorabimus, ut, quicunque casus temporum illorum nobis vel
aliis auctoribus noscent, praesumptum habeant, quotiens fugas et caedes
iussit princeps, totiens grates deis actas. — Ann. XV. 23: Das dem
Nero im Jahre 63 von der Poppaea geborne Kind Claudia Augusta
hatte der Senat schon vor dessen Geburt unter den Schutz der Götter
gestellt, und nach der Geburt wurden Dankfeste der übertriebensten
Art angeordnet. Tacitus characterisirt nun das Widersinnige solcher
Götterverehrung, der keinerlei sittliche Motive, sondern blos egoistische
Regungen willenloser Hofschranzen zu Grunde liegen, kurz mit den
Worten: quae fluxa fuere, quartum intra mensem defuncta infante.
— Ann. XV. 44: sed non ope humana, non largitionibus principis
aut deum placamentis decedebat infamia, quin iussum incendium cre-
deretur. 71: sed compleri interim urbs funeribus, Capitolium victimis:
alius filio, fratre alius aut propinquo aut amico interfectis agere grates deis.

Ein solcher Unfug, der mit den Göttern getrieben wurde, indem
diese zu Handlangern der verbrecherischen Pläne der Menschen herab-
gewürdigt wurden, musste wol jedem denkenden Herzen den Glauben
an deren Existenz benehmen, musste dieselben als Fabeln erscheinen
lassen. Und hätte Tacitus wirklich an persönlich existirende Götter
geglaubt, so hätte er sie jedenfalls nur als Drahtpuppen menschlicher
Willkühr und Verworfenheit betrachten müssen.

Beachtenswert dürfte ferner die Wahrnehmung sein, dass Tacitus,
wenn er auf ausländische Götterverehrung zu sprechen kommt, deren
Cult ganz objectiv erzählt, über Wesen und Bedeutung jedoch kaum
ein anderes Urteil hat als „superstitio“. Hist. IV. 61. von der
Verehrung der Jungfrau Veleda bei den Germanen. Germ. 39. von
der Götterverehrung der Semnonen. 43. der Naharvalen (der Cult sei
nicht mit fremdem Aberglauben vermischt). 45. der Aestyer. Agr. 11.
der Gallier an der Grenze Britanniens. Hist. IV. 81. und 83. der
Aegyptier. V. 8. u. 13. der Juden. Der ausserrömische Cult, namentlich
die monotheistische Gottesverehrung musste dem uneingeweihten Römer als etwas absurdes und verwerfliches erscheinen, weshalb denn
auch Tacitus von rein römischem Standpunkt aus Ann. XV. 44. den
christlichen Glauben „exitiabilis superstitio“ und Hist. V. 13. die
Juden eine „gens superstitioni obnoxia, religionibus adversa“ nennt.

Wenn Heraeus zur letzteren Stelle bemerkt, man würde eher das umgekehrte Urteil von einem so gescheiden Manne erwarten, so vermag ich diese Ansicht nicht zu theilen. Diese Stelle findet ihre ungezwungene Erklärung, wenn wir damit das vernichtende Urteil vergleichen, das wir Hist. V. 4. u. 5. über die Moral der Juden lesen. Tacitus hält die Juden für ein sittlich durchaus verkommenes Volk, das jedoch mit scrupuloser Strenge am Jehovah Cult festhält, und eben dies ist ihm superstitio; als ganz in derselben Vorstellung begründet ist des Tacitus verwerfendes Urteil über die Christen zu fassen. Die wahre Religion besteht ihm nicht in äusserer Götterverhrung, sondern in der sittlichen Vervollkommnung des eigenen Ich; behält das einzelne Individuum die sittliche Veredlung seiner selbst im Auge, so fördert es hiemit auch die Vervollkommnung der gesammten Menschheit in sittlicher Beziehung. Die sittliche Vollendung ist es also, welche der einzelne Mensch, welche der lebendige Organismus der Menschheit, der gesammte Staat anstreben soll; dies ist das der ganzen Menschheit gesteckte Ziel, gleichsam das Göttliche, welches nicht ausserhalb der Menschheit gelegen ist, sondern innerhalb derselben seinen Sitz hat und bedingt ist durch die Sittlichkeit der Menschheit selbst. Durch allmälige Abwendung von diesem Göttlichen sind Laster und Verbrechen unter die Menschheit gekommen, die unausbleiblichen Folgen sind die Leiden der Menschheit (der göttliche Zorn). Vgl. die oben (S. 23.) besprochene Stelle Hist. II. 38. Tacitus also glaubt an keine persönlich existirenden Götter, wol aber an das Göttliche, das der gesammten Menschheit gesteckte Ziel der sittlichen Vervollkommnung, der idealen Vollendung.

Da Tacitus an keine persönlichen Götter glaubt, von welchen die Weltordnung ausgienge, so glaubt er auch an keine wunderbare Vorherbestimmung der Zukunft, an keine Wundererscheinungen, wodurch sich die Zu- oder Abneigung der Götter manifestire. Wenn Tacitus auf dergleichen zu sprechen kommt, was bei einem Historiker der damaligen Zeit unvermeidlich ist, so finden wir die mit prodigium, omen etc. bezeichnete Erscheinung häufig auf natürliche oder zufällig eintretende Gründe zurückgeführt. So Ann. I. 28. id miles rationis ignarus omen praesentium accepit. IV. 64. feralemque annum ferebant et ominibus adversis susceptum principi consilium absentiae, qui mos vulgo, fortuita ad culpam trahentes. XI. 31. ferunt — sive coeperat ea species, seu forte lapsa vox in praesagium vertit. XIV. 22. inter quae et sidus cometes effulsit, de quo vulgi opinio est, tanquam mutationem regis portendat; ebend. auxit rumorem pari vanitate orta interpretatio fulguris ff. 32. inter quae nulla palam causa delapsum Camuloduni simulacrum Victoriae ac retro conversum, quasi cederet hostibus. et feminae in furore turbatae adesse exitium canebant ff. Mit nulla palam causa ist deutlich angezeigt, dass Tacitus das Herabfallen des Victoria Bildes einer natürlichen Ursache zuschreibt, nur war diese nicht äusserlich wahrnehmbar; ganz

gleich die folgende Stelle **XV. 7.** Armeniam intrat tristi omine. nam
in transgressu Euphratis, quem ponte tramittebant, nulla palam
causa turbatus equus ff., zu beachten ist das folgende cap. 8., wo
ohne Rücksicht auf die früher angeführten omina die Gründe angegeben werden, warum Caesennius Paetus kein Resultat erzielt. Hist.
I. 6. introitus in urbem trucidatis tot millibus inermium militum infaustus omine; das grausame Auftreten des Galba ist eben
das omen. II. 1. inclinatis ad credendum animis loco ominum
etiam fortuita. 91. apud civitatem cuncta (auch Umstände zu-
fälliger Art) interpretantem funesti ominis loco acceptum est,
quod ff. IV. 26. apud imperitos prodigii loco accipiebatur
ipsa aquarum penuria.

Eigentliche Wundererscheinungen, Prodigien etc. finden wir ge-
wöhnlich ganz objectiv erzählt, wobei jedoch vielfach durch irgend
eine syntaktische Wendung, ähnlich wie an der zuletzt angeführten
Stelle, durch ein accipiebatur, videbatur, numerabatur etc. angezeigt
ist, dass Tacitus nicht seine, sondern des grossen Haufens Meinung
ausgedrückt wissen will. Ann. II. 17. VI. 37. nuntiavere adcolae;
quidam callidius interpretabantur. XI. 21. XII. 43. frugum quoque
egestas et orta ex eo fames in prodigium accipiebatur. 64. cognitum
est; numerabatur. XIII. 41. adiicitur, ut — crederetur. 58. prodigii
loco habitum est. XIV. 10. et erant qui crederent. 12. prodigia quoque crebra et inrita (die keine Prodigien sind) intercessere. XV. 47.
vulgantur. Hist. I. 27. audiente Othone — interpretante. 62. ut —
omen acciperetur. III. 56. gibt Tacitus ausdrücklich zu erkennen, dass
er die angeführten Wahrzeichen nicht im wörtlichen Sinne nimmt,
durch die Erläuterung: sed praecipuum ipse Vitellius ostentum erat,
ignarus militiae ff. IV. 81. multa miracula evenere, quis — ostenderetur; vergl. die obigen Bemerkungen über den Zorn und die Gnade
der Götter (S. 21 ff.). 83. den ägyptischen Priestern nacherzäht. V. 13. In derselben Weise referirt Tacitus ganz objectiv über die Göttermythen
z. B. Ann. XII. 13. über den assyrischen Sandan. Finden wir an
den voranstehenden Stellen von Prodigien etc. zwar ganz objectiv erzählt, durch eine feine syntactische Wendung jedoch das Erzählte
vielfach dem Volke in den Mund gelegt, so tritt an andern Stellen
der Schriftsteller mit seinem subjectiven Urteile dem Leser entgegen
und zieht, was er erzählt, direct in Zweifel: Ann. II. 24. miracula
narrabant — visa sive ex metu credita. VI. 20. weissagt Tiber dem
Galba die Herrschaft, worauf cap. 21. erzählt ist, wie Tiber die
Wahrsagerkunst sich eigen gemacht. Tacitus mag jedoch an das Er-
zähte nicht unbedingt glauben, wie aus der schon bei früherer Gelegenheit besprochenen unmittelbar folgenden Stelle cap. 22. deutlich
hervorgeht: sed mihi haec ac talia audienti in incerto iudicium est,
fatone ff. haec ac talia kann sich nemlich auf nichts anderes beziehen,
als auf das cap. 20. u. 21. Erzählte. VI. 28. am Schlusse der Erzählung über den ägyptischen Phönix: haec incerta et fabulosis aucta.

XI. 11. vulgabaturque — fabulosa et externis miraculis adsimilata. Von Prodigien der abenteuerlichsten Art lesen wir Hist. I. 86. Tacitus fügt der objectiven Erzählung sein Urteil bei: et plura alia rudibus saeculis etiam in pace observata, quae nunc tantum in metu audiuntur, und am Schlusse: id ipsum, quod paranti expeditionem Othoni campus Martius et via Flaminia iter belli esset obstructum a fortuitis vel naturalibus causis, in prodigium et omen imminentium cladium vertebatur. An dieser Stelle sind die Prodigien offenbar als Ausgeburten der Phantasie furchtsamer Menchen, hervorgerufen durch äussere Unglücksfälle, begünstigt durch einen gewissen inneren Hang zum Aberglauben hingestellt. II. 78. wird das Bemühen des Vespasian, die Zukunft zu erforschen, ausdrücklich superstitio genannt: nec erat intactus tali superstitione, ut ff.; die Glaubwürdigkeit des in unmittelbarem Anschluss erzählten omen lässt Tacitus dahin gestellt sein, indem er sagt: sed primo triumphalia et consulatus et Judaicae victoriae decus implesse fidem ominis videbantur: ut haec adeptus est, portendi sibi imperium credebat. In gleicher Weise werden IV. 54. die Weissagungen der Druiden superstitio genannt. Ann. IV. 58. thut Tacitus der Weissagungen der Astrologen Erwähnung, welche, als Tiber sich von Rom nach Campanien zurückgezogen, aus dem Stande der Gestirne herausgefunden hatten, dass der Kaiser unter einer solchen Constellation von Rom weggegangen sei, welche eine Rückkehr nach der Hauptstadt nicht mehr erwarten lasse. Hätte Tacitus wirklich geglaubt, dass die Gestirne einen bestimmenden Einfluss gehabt auf die Lebensweise Tibers, so könnte er unmöglich im Folgenden sagen, man habe einen so unglaublichen Fall nicht vorhergesehen, ut undecim per annos libens patria careret; denn wenn Tiber freiwillig von Rom weggeblieben, welchen Einfluss hatten dann die Gestirne auf ihn? Im weiteren Zusammenhang wird von der Wissenschaft der Sterndeuter ausdrücklich bemerkt, dass Kunst und Trug nahe an einander grenzen (mox patuit breve confinium artis et falsi) und dass sie die Zukunft nicht vorher zu bestimmen vermag (ceterorum nescii egere). Die äusserlich zwar objectiv gehaltene Stelle Hist. V. 4. e septem sideribus, quis mortales (res) reguntur, hat für die Taciteische Auffassung keine Beweiskraft, denn der Schriftsteller sucht hier einerseits auf etymologischem Wege den Namen Judaei, anderseits vom astrologischen Standpunkt aus die den Juden geheiligte Siebenzahl zu erklären; übrigens ist die ganze Stelle namentlich gegen Schluss des cap. kritisch gründlich verdorben. Wie Tacitus an Prodigien, an wunderbare Vorherbestimmung der Zukunft u. dgl. nicht zu glauben vermag, so verweist er auch die namentlich über ausländische Gottheiten cursirenden Mythen und was sonst der menschlichen Vernunft unfassbar scheint, ausdrücklich in das Gebiet des Sagenhaften. Germ. 40. mox vehiculum et vestes et, si credere velis, numen ipsum secreto lacu abluitur. 46. cetera iam fabulosa: Hellusios et Oxonias ora hominum vultusque, corpora atque artus ferarum gerere.

Durch keine einzige der bisher beigebrachten Stellen finden wir die Ansicht bestätigt, dass Tacitus an Wundererscheinungen, Vorherbestimmungen der Zukunft etc. wirklich geglaubt habe, es erhält vielmehr die gegenteilige Ansicht dadurch ihre Bestätigung, dass Tacitus, wenn er von Prodigien etc. spricht, nicht aus sich erzählt, sondern, was er erzählt, als die Meinung anderer hinstellt, vielfach auch die objective Erzählung mit subjectiven Bemerkungen begleitet, welche einen directen Zweifel seinerseits an der Richtigkeit des Erzählten nicht verkennen lassen. Drei Stellen jedoch scheinen dem bisher Gesagten zu widersprechen, indem sie in ihrem Zusammenhang so gehalten sind, als ob Tacitus nicht nur keinen Zweifel in die Wahrheit des Erzählten gesetzt, sondern direct daran geglaubt hätte: Hist. I. 3. *praeter multiplices rerum humanarum casus caelo terraque prodigia et fulminum monitus et futurorum praesagia, laeta tristia, ambigua manifesta. nec enim unquam atrocioribus populi Romani cladibus magisve iustis indiciis adprobatum est non esse curae deis securitatem nostram, esse ultionem.* 10. *occulta fati et ostentis ac responsis destinatum Vespasiano liberisque eius imperium post fortunam credidimus.* II. 50. *ut conquirere fabulosa et fictis oblectare legentium animos procul gravitate coepti operis crediderim, ita vulgatis traditisque demere fidem non ausim.* Die erste dieser Stellen wurde bereits früher (S. 23.) in anderem Zusammenhang zum Teile angeführt zum Beweise, dass Tacitus die Einwirkung persönlicher Götter auf den Gang der Weltereignisse nicht anerkennt (non esse curae deis); halten wir uns hier gegenwärtig, was wir früher von der Bedeutung des Götterbegriffes bei Tacitus gesagt haben, dass nemlich die Götter nicht ausserhalb der Menschheit liegen, sondern dass es das der gesammten Menschheit inne wohnende Göttliche ist, das Tacitus bildlich „dii“ nennt, so findet unsere Stelle auch im Zusammenhang ihre Erklärung. Wenn Tacitus hier sagt, dass es niemals durch deutlichere Indicien sich erprobt hat, dass etc., so beziehen sich die indicia hier keineswegs speciell auf die im Voraufgegangenen erzählten Prodigien, sondern indicia heisst hier allgemein so viel als sonst signa, documenta, argumenta (untrügliche Anzeichen); wir haben die logische Beziehung dieser Indicien im vorhergehenden cap. 2. zu suchen, wo von der Gesammtlage des Staates, die Tacitus zu schildern sich anschickt, in allgemeinen Zügen das betrübendste Bild entworfen ist. Die Schlechtigkeit der Menschen, die Entweihung des ihnen innewohnenden Göttlichen hat die Zerrüttung auch des staatlichen Lebens zur Folge und darin eben liegen die sicheren Anzeichen des göttlichen Strafgerichtes (der unausbleiblichen, gleichsam natürlichen Strafe), nicht aber in den Prodigien, wovon Tacitus wie anderswo so auch hier ganz objectiv Erwähnung thut. Den Commentar zur anderen Stelle I. 10. gibt Tacitus selber später II. 78., wo es ausdrücklich superstitio genannt ist, dass Vespasian aus den Antworten der Seher und dem Stand der Gestirne die Zukunft zu erkennen glaubt. Aeusserlich betrachtet stehen beide Stellen in directem Widerspruch. Können wir aber unserem Historiker, dessen Urteilsschärfe doch allgemein anerkannt ist, eine solche Inconsequenz des eigenen Urteiles zumuthen, dass er das einemal den Glauben eines andern an die die Vorherbestimmung der Zukunft Aberglaube nennt, das anderemal aber selber daran glaubt? Diese Inconsequenz kann also nur eine scheinbare sein und sie verschwindet, wenn wir bedenken, dass I. 10. der Nachdruck nicht auf „ostentis ac responsis“, sondern auf „occulta fati“ liegt und uns an die früher besprochene Bedeutung von fatum (verborgen wirkende Ursache) erinnern. Nach dem natürlichen, der grossen Masse allerdings unerkennbaren Gange der Dinge ist nach des Tacitus Darstellung Vespasian Kaiser geworden, die Weissagungen der Sterndeuter trafen von ungefähr ein, und der Ausdruck „ostentis ac responsis destinatum“ besagt daher weiter nichts, als Tacitus glaube an das zufällige Eintreffen der Vorhersagungen der Sterndeuter, die ja wirklich eingetroffen sind; dass Tacitus auch an deren Wahrheitskraft glaube, ist in der Stelle nicht ausgesprochen. Ebenso wenig finden wir an der dritten Stelle II. 50. den Glauben des Tacitus an Wundererscheinungen bestätigt. Wenn Tacitus sagt, er finde es unter der Würde seiner Aufgabe als Geschichtschreiber durch fabelhafte und selbstersonnene Dinge die Leser zu erheitern, wolle aber dem, was man allgemein erzähle, den Glauben nicht nehmen, so liegt in diesen Worten nichts weiter, als das offene Geständnis des Schriftstellers, dass er in der Geschichtschreibung objectiv bleiben wolle, keineswegs aber das Bekenntnis subjectiven Glaubens an das Erzählte, das Tacitus in Folgendem den Einwohnern von Regium Lepidum nacherzählt.

Mit dem Glauben an die persönliche Existenz der Götter hängt innig zusammen der Glaube an das Fortleben des einzelnen Menschen nach dem leiblichen Tode, der Glaube an die persönliche Unsterblichkeit. Nirgends findet sich bei Tacitus eine Stelle, wo von einem Wiedersehen nach dem Tode die Rede wäre. Die Stelle Ann. XVI. 19. „audiebatque referentes nihil de immortalitate animae et sapientium placitis“ ist ganz objectiv gehalten und gestattet nicht ein sicheres Urteil über die Auffassung des Schreibenden abzugeben. Wol lesen wir von der Fortdauer der Dahingeschiedenen nach ihrem Tode; diese besteht aber nicht in der persönlichen Existenz, sondern in der Erinnerung, welche die Nachwelt den Verstorbenen bewahrt. Man könnte sonach sagen, Tacitus glaube zwar nicht an die persönliche, wol aber an die passive Unsterblichkeit. Ein auf dem Pfade der sittlichen Rechtschaffenheit durchwandeltes Leben dient dem Träger desselben zum unsterblichen Ruhme, der gesammten Menschheit aber zur Nachahmung. Dieser Gedanke findet sich mehrmals teils indirect, teils auch direct bei Tacitus ausgesprochen. Das jenseitige Spanien wollte Tiber noch bei seinen Lebzeiten einen Tempel errichten; Tiber lehnt die göttliche Verehrung ab; die Gründe sind Ann. IV. 37. und 38. angegeben; bezeichnend sind die Worte, welche cap. 38. Tacitus dem

Tiber in den Mund legt: haec (eine Regierung, die in der Nachwelt eine dankbare Erinnerung zurücklässt) mihi in animis vestris templa, hae pulcherrimae effigies et mansurae, und: illos (socios et cives precor) ut, quandoque concessero, cum laude et bonis recordationibus facta atque famam nominis mei prosequantur. Aehnlich von Otho Hist. I. 21. mortem omnibus ex natura aequalem oblivione apud posteros vel gloria distingui. Von Seneca Ann. XV. 62. quod unum iam et tamen pulcherrimum habeat, imaginem vitae suae relinquere testatur: cuius si memores essent, bonarum artium famam, tum constantis amicitiae laturos. Ann. XVI. 16. lesen wir des Tacitus eigenes Urteil: detur hoc inlustrium virorum posteritati, ut, quomodo exsequiis a promiscua sepultura separantur, ita in traditione supremorum accipiant habeantque propriam memoriam. Ganz offen teilt Tacitus sein diesbezügliches Glaubensbekenntnis mit Agr. 46. in dem Nachruf, den er seinem Schwiegervater widmet. Gleich eingangs ist die persönliche Fortdauer nach dem Tode in Hypothese gestellt und als subjective Meinung der Weisen bezeichnet, im Folgenden aber erklärt, worin das wahre Wesen der Unsterblichkeit besteht, namentlich mit den Worten: admiratione te potius et immortalibus laudibus et, si natura suppeditet, aemulatu decoremus. is verus honos, ea coniunctissimi cuiusque pietas, und: forma mentis aeterna; quam tenere et exprimere non per alienam materiam et artem, sed tuis ipse moribus possis. In dieser passiven Unsterblichkeit erblickt Tacitus das Ideal des sittlichen Lebens. Die um ihrer selbst willen aus rein sittlichen Motiven geübte Tugend lebt ewig in der Nachwelt fort, gleichsam ein Göttliches (vgl. oben S. 26), dem die Menschen nacheifern und das sie in sich aufnehmen sollen. Dieses Göttliche ist aber nicht ein Einzelnes, ja nicht einmal ein Einheitliches, sondern hat verschiedene Phasen, sowie auch die Motive der Menschen verschieden sind, welche das Ideal des sittlich-tugendhaften Lebens gleichsam verkörpert der Nachwelt hinterlassen; da demnach das Göttliche des Tacitus nicht ein Einheitliches, sondern ein Vielfaches, und nicht ausserhalb der Menschheit, sondern innerhalb derselben gelegen ist, so würde man sehr irren, wollte man Tacitus für einen Monotheisten halten. Tacitus verwirft zwar, wie wir gesehen, die alten Götter und muss sie verwerfen, da bei dem Missbrauch, der mit ihnen getrieben wird, der Glaube daran das Ideal des sittlichen Lebens keineswegs fördert, sondern davon immer mehr abführt, glaubt aber auch nicht an e i n e n persönlich existirenden Gott. Diejenigen haben sich wol durch ein Irrlicht verleiten lassen, welche bei Tacitus die Ueberzeugung von der Existenz eines einzigen Gottes ausgesprochen finden mit Berufung auf Hist. V. 5. Judaei mente sola unumque numen intelligunt. — summum illud et aeternum neque imitabile neque interiturum, und Germ. 9. deorumque nominibus appellant secretum illud, quod sola reverentia vident. Da Tacitus hier von den Religionsvorstellungen fremder Völker spricht ohne sein eigenes Urteil beizufügen, so können diese Stellen für die Ansicht des Schriftstellers keine Beweiskraft haben.

Das Ideal des menschlichen Lebens, wie es Tacitus sich denkt, ist jedoch zu seiner Zeit nicht blos dem Einzelnen, sondern fast der gesammten Menschheit bereits abhanden gekommen, es macht sich daher fast durchgehends in des Tacitus Schriften ein gewisser sentimentaler Grundton geltend; Tacitus vermag das Gefühl des Widerspruches zwischen der Idee und der Wirklichkeit, des Contrastes zwischen dem ideell Angestrebten und dem praktisch Erreichten nicht vollends zu unterdrücken. In Folge dieses Gefühles des Widerspruches zwischen der Idee und der Wirklichkeit blickt vielfach aus den Schriften eine wehmütige Stimmung durch, weil eben Tacitus kennt, dass es nur mehr eine Frage der Zeit sei, wann das Reich zerfallen werde, dass es nichts mehr im Staate gebe, das den drohenden Zerfall aufzuhalten vermöchte; daher die Sehnsucht nach der guten alten Zeit mit der guten alten Sitte, welche besonders lebhaft ausgesprochen ist Hist. III. 51. tanto acrior apud maiores sicut virtutibus gloria ita flagitiis poenitentia fuit. sed haec aliaque ex veteri memoria petita, quotiens res locusque exempla recti aut solatia mali poscet, haud absurde memorabimus. Den im Vorhergehenden erzählten Selbstmord eines Soldaten im Heere des älteren Pompeius erwähnt also Tacitus als etwas rühmliches und nachahmungswürdiges, weil ihm die edelsten Motive (poenitentia flagitii) zu Grunde lagen. Ebenso wird Othos Selbstmord nicht nur gebilligt, sondern als rühmliche That erwähnt, weil sie aus Liebe zum Vaterlande geschehen, um es aus grosser Gefahr zu befreien. Hist. II. 31. ante utriusque exitum, quo egregiam Otho famam, Vitellius flagitiosissimam meruere. 54. et mors Othonis quo laudabilior, eo velocius audita. Aehnliche Fälle liessen sich aus des Tacitus Schriften noch gar viele beibringen, allein der vorliegenden Zeilen gesteckte Rahmen gestattet nicht noch weiter zu gehen.

Jos. Müller.

Schulnachrichten.

———

Da am Schlusse des Schuljahres 1872/73 kein Jahresbericht veröffentlicht wurde, so werden in dem diesjährigen auch die wichtigsten
Daten des vorigen Schuljahres angeführt.

I. Der Lehrkörper.

Im Schuljahre 1872/73 kamen in demselben folgende Veränderungen vor:

Mit h. Ministerial-Erlasse vom 17. August 1872, Z. 9953 wurde
Herr Professor A. Michaeler über sein Ansuchen in gleicher Eigenschaft
von hier an das k. k. Staatsgymnasium in Bozen versetzt. Die hiesigen
Mittelschulen verloren an ihm eine ausgezeichnete Lehrkraft.

Mit h. Erlasse des k. k. Landesschulrathes Z. 621 wurde Herr
L. Fischer als Supplent belassen und die Herrn Josef Rastbichler,
Jos. Knöpfler (Z. 608), Gebhard Baldauf und Jos. Zösmair (Z. 712)
als Supplenten für die Zeit des Bedarfes angestellt.

Mit h. Ministerial-Erlasse vom 7. Oktober 1872, Z. 12173 wurde
der akademische Maler und Professor an der Communal-Oberrealschule in
Elbogen, Herr Alois Wolf zum Lehrer des Freihandzeichnens dahier ernannt.

Mit Erlass des h. k. k. Landesschulrathes vom 19. November 1872,
Z. 852 wurde dem Volksschullehrer Herrn Joh. Drexel der Turnunterricht
an den hiesigen Mittelschulen übertragen.

Mit h. Ministerial-Erlasse vom 16. Dez. v. J., Z. 15158 wurde der
bisherige Supplent Herr Jos. Rastbichler zum wirklichen Lehrer dahier
ernannt; ebenso Herr Jos. Zösmair mit h. Erlasse vom 16. Juni Z. 6852.

Mit h. Ministerial-Erlasse vom 16. April 1873, Z. 2227 wurde die
von Herrn Prof. Dr. Johann Kraus an den h. k. k. Landesschulrath unter
dem 25. September 1872 telegraphisch ergangene Resignation auf seine
Stelle in Feldkirch genehmigend zur Kenntnis genommen.

Am Schlusse des II. Semesters 1872/73 bestand der Lehrkörper
aus folgenden Mitgliedern:

Dem wirklichen k. k. Director Josef Elsensohn; den Professoren:
Herren Johann Gantner, Alois Wolf, Josef Rohrmoser, Dr. Carl
Nachbaur, Hermann Sander (seit Dez. krank), Dr. Anton Ausserer
und Dr. Victor Perathoner.

Den wirklichen Lehrern: Herrn Ludwig Teimer, Herm. Jäger, Josef Müller, Eduard Gnad, Dr. Franz Kiechl, Josef Rastbichler und Josef Zösmair.

Dem Herrn Franz Schneider für den Religionsunterricht.

Den Supplenten: Herrn Ludwig Fischer, Josef Knöpfler, Gebhard Baldauf,

Den Nebenlehrern: Herrn Josef Seyfried für den Religionsunterricht an der k. k. Unterrealschule.

Wunibald Briem für den Gesang.

Johann Drexel für den Turnunterricht.

Schuldiener Herr A. Wielath.

Aushilfsdiener Herr Karl Fink.

Veränderungen im Lehrkörper 1873/74.

Mit h. Ministerial-Erlasse vom 12. Sept. 1873, Z. 8345 wurde Herr Professor Hermann Sander für das Schuljahr 1873/74 beurlaubt und über sein Ansuchen von dem Amte eines Bezirksschulinspectors enthoben.

Mit h. Ministerial-Erlasse vom 2. August 1873, Z. 8115 wurde der wirkliche Lehrer Herr Eduard Gnad über sein Ansuchen in gleicher Eigenschaft an das k. k. Staatsgymnasium in Saaz, ebenso mit h. Min.-Erlasse vom 5. Sept., Z. 11655, Herr Hermann Jäger an das k. k. Staats-Real- und Obergymnasium in Ried versetzt.

Mit h. Erlasse des k. k. Landesschulrathes vom 10. Okt., Z. 815, wurde Herr Gebhard Baldauf als Supplent belassen und die Herren Josef Feuerstein, Ludwig Mayer und Charles Besson als Supplenten für das Schuljahr 1873/74 angestellt.

Mit h. Ministerial-Erlasse vom 9. Okt. 1873, Z. 12783, wurde dem Herrn Professor Dr. Victor Perathoner über sein Ansuchen eine Lehrstelle am k. k. Staatsgymnasium in Innsbruck verliehen, mit der Weisung, noch bis zum Schlusse des Schuljahres 1873/74 hier zur Dienstleistung zu verbleiben. An Herrn Prof. Dr. Perathoner verlieren die hiesigen Mittelschulen einen in jeder Hinsicht ausgezeichneten Lehrer, welchem es während seines fünfjährigen Hierseins gelang, der Stenographie allgemeine Geltung unter den Studirenden zu verschaffen.

Mit h. Ministerial-Erlasse vom 20. Nov. 1873, Z. 15247 wurde der bisherige Supplent Herr Ludwig Fischer zum wirklichen Lehrer dahier ernannt.

Mit h. Erlasse des k. k. Reichs-Kriegs-Ministeriums (Marine-Section vom 18. Jänner 1874) wurde Herr Prof. Ludwig Teimer zum Director der k. k. Marine-Unterrealschule in Pola ernannt und dessen aus Gesundheitsrücksichten angesuchte Enthebung von der genannten Stelle bewilligt.

Mit h. Erlasse des k. k. Landesschulrathes vom 19. März 1874, Z. 155, wurden die Herrn Lehramtskandidaten Oswald Kaiser und Adolf Heyl zu Supplenten an den hierortigen Mittelschulen ernannt.

Am 20. Mai starb nach längerer Krankheit der allgemein geliebte und geachtete Herr Prof. Josef Gantner. (Näheres über ihn unten in der Chronik.)

Am Schlusse des Schuljahres 1873/74 zählte der Lehrkörper folgende Mitglieder:

Den wirklichen k. k. Director Josef Elsensohn, angestellt für Latein und Griechisch; (k. k. Bezirksschulinspector).

Die Professoren:

Herrn Alois Wolf, angestellt für das Freihandzeichnen.

    „ Josef Rohrmoser für Geographie, Geschichte u. Griechisch.

    „ Dr. Carl Nachbaur für Chemie O.R. und Physik U.R. (k. k. Landesschulrathsmitglied).

Herrn Hermann Sander für Geographie und Geschichte (beurlaubt).

    „ Dr. Anton Ausserer für Naturgeschichte mit Mathematik und Physik.

Herrn Dr. Victor Perathoner für Latein, Griechisch, Propadeutik und Stenographie.

Herrn Ludw. Teimer für Maschinenlehre und Freihandzeichnen O.R., descript. Geometrie U.R. (k. k. provis. Bezirksschulinspector).

Herrn Josef Müller für Latein und Griechisch.

    „ Franz Schneider für den Religionsunterricht.

Die wirklichen Lehrer:

Herrn Dr. Franz Kiechl für Mathematik und Physik (k. k. provis. Bezirksschulinspector).

Herrn Josef Rastbichler für Latein und Griechisch.

    „ Josef Zösmair für Geographie und Geschichte.

    „ Ludwig Fischer für Latein und Griechisch.

    Die Supplenten:

Herrn Gebhard Baldauf für Latein und Griechisch.

    „ Josef Feuerstein für Latein und Griechisch.

    „ Charles Besson für das Französische.

    „ Ludwig Mayer für Naturgeschichte mit Mathematik.

    „ Oswald Kaiser für Mathematik und Physik.

    „ Adolf Heyl für Geographie und Geschichte.

    Die Nebenlehrer:

Herrn Wunibald Briem für den Gesang.

    „ Johann Drexel für das Turnen.

Schuldiener Herr A. Wielath.

Aushilfsdiener Herr Karl Fink.

Deutsche Themata im Jahre 1873/74.

V. Curs.

Jeder ist seines Glückes Schmied. Das Jugendalter, die Blütezeit der Freundschaft. Gedanken beim Anblicke einer verfallenen Ritterburg. Der Jahrmarkt. Die Elemente hassen das Gebild der Menschenhand. Characterzüge aus Kyros' Jugendleben (nach Xenophon). Winterfreuden.

Schilderung der Situationen im 1. Gesange von Göthe's Hermann und
Dorothea. Ferro nocentius aurum. Glas ist der Erde Stolz und Glück
(Uhland). Abfütterung in einer Menagerie. Der Weise trägt alle seine
Schätze mit sich. Das menschliche Leben — ein Saatfeld. Ursachen des
Verfalles der römischen Weltherrschaft. Dem Manne ziemet die That.
Häusliches Leben der Germanen. Einigkeit macht stark.

VI. Curs.

Arbeit ist des Lebens Würze. Es sinkt das Alte und aus den
Ruinen blüht neues Leben (Schiller). Entwicklung des Gedankenganges
der Einleitung zu Sallusts bellum Jugurthinum. Mit welchem Rechte beginnt mit dem Sturze des letzten weströmischen Kaisers ein neuer Haupt-
abschnitt der Geschichte?

> Willst du, dass wir mit hinein
> In das Haus dich bauen,
> Lass es dir gefallen, Stein,
> Dass wir dich behauen (Rückert). —
> Mit des Geschickes Mächten
> Ist kein ew'ger Bund zu flechten (Schiller).

Welche Bande knüpfen uns an das Vaterland? Ende gut, Alles gut.
Nulla dies sine linea. Tod des Patroklos und Kampf um die Leiche.
(Hom. Il, 16. 17.) Im Freien beim ersten Grün. Pluribus intentus
minor est ad singula sensus. Heldenmut und Grösse der Römer in
Zeiten der Gefahr und des Unglücks. Die Erinnerung an überstandene
Mühe ist angenehm. Character des Orestes (Göthe's Iphigenie). Cha-
racter das Pylades (Göthe's Iphigenie). Lust und Liebe sind die Fittige
zu grossen Thaten. (Schularbeit).

VII. Curs.

Hat der Deutsche Grund auf seinen Namen stolz zu sein? Parallele
zwischen Griechen und Römern. Characteristik der Athener nach Demosthenes erster Philippischer Rede. Characteristik Siegfried's nach dem
Nibelungenlied. Ofte bi den armen habent riuche liute guote wunne.
Gudrun XII, S. 656, V. 4. Wodurch ist die Geschichte berechtigt, nach
dem Sturze des Römerreiches einen neuen Zeitraum zu beginnen? Was
hat der Genuss der freien Natur vor andern Genüssen voraus? Warum
wurde nach der Schlacht bei Cannae der zweite punische Krieg nicht be-
endigt? Eindruck des Sokrates auf Aristipp (Wieland). Wieland und
Lessing. (Versuch einer Parallele.) Worin besteht die sogenannte dra-
matische Einheit und wie entspricht die äussere Composition dieser Einheit?
Characterschilderungen der Personen in Lessing's Nathan. Ueber Lessing's
Verdienste um die Entwicklung eines nationalen Drama's.

Erklärung des Göthe'schen Gedichtes „Zueignung" oder „Dichter-
weihe".

> „Sehnsucht und der Träume Weben
> Sind der weichen Seele süss,

Doch edler ist ein starkes Streben,
Und macht den schönen Traum gewiss".

Uhland.

VIII. Curs.

In den Ocean schifft mit tausend Masten der Jüngling,
Still auf gerettetem Kahn treibt in den Hafen der Greis.

Schiller.

Die Redekünste des M. Antonius in Shakespeares „Julius Cäsar"
III, 2. Die Heimkehr des Vaters aus dem Kriege (Entwurf zu einem
Gemälde). Fichtenbaum und Palme. Eine Deutung des Gedichtes „Sehnsucht" von Heine. Des Menschen Engel ist die Zeit. Schiller. Der
Montavoner; Characterbild. Apologie des Sokrates. Nach Plato. Warum
ist hauptsächlich Italien für die Deutschen das Land der Sehnsucht?
Ἄριστον ὕδωρ. (Pindar). Der Sänger (nach Schiller's „Graf von Habs-
bnrg", Göthe's „Sänger" und Uhland's „Sängers Fluch"). Götz. Cha-
racterschilderung.

An's Vaterland, an's theure, schliess' dich an,
Das halte fest mit deinem ganzen Herzen.

Tell II, 1.

Der Weidmann, ein sittengeschichtliches Characterbild.

Ausserdem wurden mehrere freie Vorträge gehalten.

Studia adolescentiam alunt, senectutem oblectant, secundas res or-
nant, adversis perfugium ac solatium praebent, delectant domi, non impe-
diunt foris, pernoctant nobiscum, peregrinantur, rusticantur.

(Maturitäts-Arbeit).

V. Curs. (Realschule.)

Aussicht von Mariagrün (eine Beschreibung). Selbstbiographie eines
Apfelbaumes. Aussicht vom Vorderälpele (eine Beschreibung). Die Alpen-
anlage neben dem botanischen Garten. Vorwinter. Wie die 25 jährige
Regierungsfeier des Kaisers Franz Josef I. in Feldkirch begangen wurde.
Gedankengang des Gedichtes „Das eleusische Fest" von Schiller. Einst
und Jetzt (in drei Abhandlungen):

 a) Werkzeug und Maschine,
 b) Verkehrswesen,
 c) Kriegswesen.

Die Quelle, ein Bild der frohen Kindheit. Vorteile des Reisens. Garten
und Schule, ein Vergleich. Kämpft Schiller's Wallenstein wirklich mit sitt-
licher Freiheit gegen eine unabweisbare Notwendigkeit, oder wird sein
Fall allein durch seinen Frevel herbeigeführt? (Nach vorausgegangener
Lectüre Wallensteins.) Wert der wahren Freundschaft. Idee der Tenzone
„Die beiden Rosen" von Platen.

VI. Curs. (Realschule.)

Eine Ferienreise. Gedankengang des Gedichtes „Der Vogelsang
oder die 3 Lehren" von Wieland. Religiöse Verhältnisse der deutschen

Stämme bis auf Karl den Grossen. Gedankengang des Gedichtes „Das Lied vom braven Manne" von Bürger. Regierung des deutschen Kaisers Heinrich IV.

> Es liesse sich alles trefflich schlichten,
> Könnte man die Sachen zweimal verrichten.
>
> Göthe.

Ein Gebirgsdorf im Winter. Die Elemente hassen das Gebild der Menschenhand. Allgemeine Folgen der Kreuzzüge. Einfluss der Kreuzzüge auf die deutsche Literatur des Mittelalters. Character der Iphigenie. Character des Thoas. (Nach vorausgegangener Lectüre der Iphigenie von Göthe.) Einfluss der Reformation auf die deutsche Literatur. Welche Anforderungen stellen wir an einen guten Staatsbürger? Ist es heilsam, dass dem Menschen die Zukunft verschlossen ist? Auf der Höhe nach einem Gewittersturme (Beschreibung).

Statistische Tabelle über die vereinigten k. k. Staatsmittelschulen in Feldkirch am Schlusse 1872/73.

A. Real- und Obergymnasium.

Lehrer	geistlich	weltlich	Curs	Zu Anf. d. Schulj.	Abgegangen	Hinzugekommen	Am Schl. d. Schulj.	Oeffentliche	Private	Ganz befreit	Halb befreit	Zahlend	Landesfürstliche	Privat	Katholisch	Israelitisch	Vorarlberger	Tiroler	Salzburger	Oberösterreicher	Niederösterreicher	Transleithanier	Lichtensteiner	Rheinpreussen	Elsässer	Baiern	Deutsch
Director	—	1	I	47	11	—	36	36	—	17	—	21	—	1	36	—	31	1	—	1	1	—	—	—	1	1	36
			II	31	3	—	28	27	1	14	—	14	1	5	27	1	22	1	1	1	—	—	2	1	—	—	28
Ordentl. Lehrer .	—	14	III	13	1	—	12	11	1	4	—	8	—	2	12	—	10	—	—	—	—	1	1	—	—	—	12
Katechet	1	—	IV	13	1	1	13	13	—	7	—	6	1	2	12	1	11	1	—	—	—	1	—	—	—	—	13
			V	9	—	—	9	9	—	5	—	4	1	2	9	—	7	1	—	—	—	—	1	—	—	—	9
Supplenten . . .	—	3	VI	7	—	—	7	7	—	5	—	2	1	2	7	—	5	1	—	—	—	—	1	—	—	—	7
Nebenlehrer . . .	1	2	VII	10	—	—	10	10	—	3	—	7	—	2	10	—	8	—	1	—	—	—	1	—	—	—	10
			VIII	7	1	—	6	6	—	2	—	5	1	—	6	—	5	1	—	—	—	—	—	—	—	—	6
Zusammen	2	20		137	17	1	121	119	2	57	—	67	5	16	119	2	99	6	2	2	1	2	6	1	1	1	121

B. Realschule.

Lehrer	geistlich	weltlich	Curs	Zu Anf. d. Schulj.	Abgegangen	Hinzugekommen	Am Schl. d. Schulj.	Oeffentliche	Private	Ganz befreit	Halb befreit	Zahlend	Landesfürstliche	Privat	Katholisch	Israelitisch	Vorarlberger	Tiroler	Salzburger	Oberösterreicher	Niederösterreicher	Transleithanier	Lichtensteiner	Rheinpreussen	Elsässer	Baiern	Deutsch
			III	12	2	—	10	10	—	5	—	5	—	1	10	—	8	2	—	—	—	—	—	—	—	—	10
			IV	3	1	—	2	2	—	—	—	2	—	—	2	—	2	—	—	—	—	—	—	—	—	—	2
			V	6	1	1	6	6	—	3	1	2	—	—	6	—	5	1	—	—	—	—	—	—	—	—	2
Zusammen .				21	4	1	18	18	—	8	1	9	—	1	18	—	15	3	—	—	—	—	—	—	—	—	18

Schulgeld: im I. Semester 820 fl.
im II. Semester 612 fl.
Summa 1432 fl.

Stipendien: 1731 fl. 68 kr.
Subventionen: 780 fl. — kr.
Summa 2511 fl. 68 kr.

Aufnahmstaxe und Bibliotheksbeitrag 219 fl. 8 kr.

Statistische Tabelle über die vereinigten k. k. Staatsmittelschulen in Feldkirch am Schlusse 1873/74.

A. Real- und Obergymnasium.

Column groups: **Lehrer** (Geistlich, Weltlich) · Curs · **Zahl** (Zu Anf. d. Schulj., Abgegangen, Hinzugekommen, Am Schl. d. Schulj., Oeffentliche, Private) · **Nach der Schulgeldz.** (Ganz befreit, Halb befreit, Zahlend) · **Stipendisten** (Landesfürstliche, Privat) · **Nach der Confession** (Katholisch, Israelitisch, Potestantisch) · **Nach dem Vaterlande** (Vorarlberger … Elsässer) · **Nach der Mutterspr.** (Deutsch)

Lehrer	Geistlich	Weltlich	Curs	Zu Anf. d. Schulj.	Abgegangen	Hinzugekommen	Am Schl. d. Schulj.	Oeffentliche	Private	Ganz befreit	Halb befreit	Zahlend	Landesfürstliche	Privat	Katholisch	Israelitisch	Potestantisch	Vorarlberger	Tiroler	Salzburger	Oberösterreicher	Niederösterreicher	Ungarn	Bukowiner	Lichtensteiner	Würtenberger	Preussen	Elsässer	Deutsch
Director . . .	—	1	I	45	3	1	43	43	—	23	—	22	1	2	41	1	1	38	1	—	—	2	—	1	—	1	—	—	43
Ordentl. Lehrer	—	12	II	25	1	—	24	24	—	15	—	9	—	2	24	—	—	21	1	—	1	—	—	—	—	—	—	1	24
			III	27	3	—	24	23	1	11	—	13	1	6	23	1	—	20	1	1	—	—	—	—	1	—	1	—	24
Katechet . . .	1	—	VI	7	—	—	7	6	1	4	—	3	—	2	7	—	—	7	—	—	—	—	—	—	—	—	—	—	7
Supplenten . .	—	6	V	13	1	—	12	12	—	6	—	6	2	1	11	1	—	9	3	—	—	—	—	—	—	—	—	—	12
			VI	7	—	—	7	7	—	3	—	4	2	1	7	—	—	6	1	—	—	—	—	—	—	—	—	—	7
Nebenlehrer .	—	2	VII	8	—	—	8	8	—	6	—	2	1	2	8	—	—	5	1	—	—	—	1	—	1	—	—	—	8
			VIII	8	1	—	7	7	—	3	—	4	—	2	7	—	—	6	—	1	—	—	—	—	—	—	—	—	7
Zusammen .	1	21		140	9	1	132	130	2	71	—	63	7	7	128	3	1	112	8	2	1	2	1	1	2	1	1	1	132

B. Realschnle.

Lehrer	Geistlich	Weltlich	Curs	Zu Anf. d. Schulj.	Abgegangen	Hinzugekommen	Am Schl. d. Schulj.	Oeffentliche	Private	Ganz befreit	Halb befreit	Zahlend	Landesfürstliche	Privat	Katholisch	Israelitisch	Potestantisch	Vorarlberger	Tiroler	Salzburger	Oberösterreicher	Niederösterreicher	Ungarn	Bukowiner	Lichtensteiner	Würtenberger	Preussen	Elsässer	Deutsch
			IV	6	—	—	6	6	—	2	—	4	—	—	6	—	—	5	1	—	—	—	—	—	—	—	—	—	6
			V	3	—	—	3	3	—	—	—	3	—	1	3	—	—	2	—	1	—	—	—	—	—	—	—	—	3
			VI	5	1	—	4	4	—	2	1	1	—	—	4	—	—	3	1	—	—	—	—	—	—	—	—	—	4
Zusammen	—	—		14	1	—	13	13	—	4	1	8	—	1	13	—	—	10	2	1	—	—	—	—	—	—	—	—	13

Schulgeld im I. Semester 716 fl.
im II. Semester 572 fl.
Summa 1288 fl.

Stipendien: 2145 fl. 80 kr.
Subventionen: 946 fl 66½ kr.
Summa 3092 fl. 46½ kr.

Aufnahmstaxen und Bibliotheksbeiträge 172 fl.

II. Lehrplan im
A. Unter-

Curs	Religion	Deutsch.	Latein	Griechisch	Geographie u. Geschichte
I	Vom Glauben. Das 1. Hauptstück nach dem Katechismus v. Deharbe. 2 St. w. Schneider.	Wiederholung der Formenlehre; der einfache Satz nach K. A. J. Hofmann's deutscher Grammatik. 8. Aufl. — Erklärung ausgewählter pros. u. poet. Lesestücke aus Neumann's u. Gehlen's Lesebuch, I. Bd. 4. Aufl. Memoriren pros. u. poet. Stücke. Alle acht Tage orthogr. Uebungen u. schriftliche Arbeiten. 3 St. Fischer, Klassenvorstand.	Die regelmässige Formenlehre; die wichtigsten Conjunctionen. Nach M. Schinnagl's Elementargrammat., 8. Aufl. Wöchentlich eine Schulaufgabe. 8 St. Fischer.		Grundzüge der mathemat. physikalischen u. polit. Geographie, mit besonderer Hervorhebung der oro-hydrographischen Verhältnisse unseres Erdballs. Nach Bellinger. Kartenzeichnen. 3 St. Rohrmoser.
II	Von den Geboten. II. Hauptstück n. Deharbe. 2 St. Schneider.	Erweiterte Formenlehre, Wortbildung, Satzverbind., Satzgefüge, Verkürzungen, Periodenbau. Grammatik v. Schiller. Lesebuch v. Neumann u. Gehlen. Alle acht Tage orthogr. Uebungen u. schriftliche Arbeiten. 2 St. I. Sem. Mayr, II. Sem. Heyl.	Unregelmässige Flexion; Adverbien; Präpositionen; die wichtigsten Conjunctionen; Fragesätze; Nom. cum. Infin.; Participiallehre nach der kleinen Gramm. von Dr. Schultz. Sämmtl. einschl. Stücke aus dessen Uebungsbuch. Alle 8 Tage eine schriftl. Arbeit. 8 St. Rastbichler, Klassenvorst.		Geschichte des Alterthums bis zu den Flaviern nach Hannak. Geographie von Afrika, Asien und den 3 südl. Halbinseln Europas. Kartenzeichnen. 4 St. Feuerstein.
III	Von den Gnadenmitteln. III. Hauptstück n. Deharbe. 2 St. Schneider.	Wiederholung der Hauptpunkte aus der Formen- u. Satzlehre. Lectüre aus dem Lesebuch v. Neumann, II. Bd., I. Thl. mit sprachlich-sachl. Erklärungen. Vortrag memorirter poetischer Stücke. Alle 14 Tage eine schriftliche Arbeit. 3 St. Müller, Klassen-Vorst.	Congruenz- u. Casuslehre nach K. Schmidt, eingeübt nach Vielhaber. Corn. Nepos: Timol. Thras. Pelop. Cat. Ages. Ham. Hann. Milt. Alle 14 Tage eine Composition. 6 St. Müller.	Laut- u. regelmäss. Formenlehre bis zum Perfect Stamm n. Dr. Curtius, eingeübt n. Dr. Schenkels Elementarbuch. Jeden Monat eine Composition. 4 St. Müller.	Geschichte des Mittelalters nach Pütz. Geographie Europa's mit Ausnahme d. südlichen Amerika's und Australiens. 3 St. Zösmair.
IV	Wiederholung u. nähere Erläuterung der wichtigsten Partien des Katechismus von Deharbe. 2 St. Schneider.	Lectüre aus dem Leseb. v. Neumann, II. Bd., II. Bd. mit sprachlicher und sachlicher Erklärung. Geschäftsaufsätze, Tropen u. Figuren, Verslehre, Vortrag memorirter Gedichte. Schriftliche Arbeiten alle 14 Tage. 3 St. Baldauf.	Caesar. bell. gall. I. VII. Ovid. Trist. I. 3. III. 4. Heroid. I. Aus der Syntax die Tempus- u. Moduslehre. Anfangsgründe der Verslehre: nach der Gramm. von K. Schmidt. Uebung. nach Vielhaber. Alle 14 Tage eine schriftl. Schularbeit. 6 St. Dr. Perathoner. Klassenvorst.	Die Verba auf $\mu\iota$; Verba anomala. Uebungsbuch von Schenkl. Monatlich 1 Hausarbeit, alle 14 Tage 1 Schularbeit. 4 St. Baldauf.	Neuere Zeit bis 1815 nach Pütz. Geographie, Geschichte und Statistik des österr. Kaiserstaates. Lehrbuch v. Hannak. Gelegentliche Wiederholung einzelner wichtiger Punkte der phys. Geographie. 4 St. Im I. Sem. Rohrmoser. Im II. Sem. Heyl.

Schuljahre 1873/74.
Gymnasium.

Mathematik	Naturwissenschaften	Freihandzeichnen	Französisch	Schönschreiben
Die 4 Rechnungsarten in benannten u. unbenannten Zahlen, gemeinen u. Dezimalbrüchen mit besond. Berücksichtigung des metr. Mass- u. Gewichtssystems. Lehre von den Linien, Winkeln, Dreiecken und Vierecken. Nach Heis u. Močnik. 3 St. Mayr.	Zoologie. Im ersten Semester: Säugethiere, im zweiten: Wirbellose Thiere. 2 St. I. Sem. Dr. Ausserer. II. Sem. L. Mayr.	Geometrische Figuren aus freier Hand nach Tafelzeichnungen. Im II. Sem. das Zeichnen nach Draht- u. Holzmodellen. 4 St. A. Wolf.		Deutsch- und Lat. -Diktando 1 St. Teimer.
Verhältnisse, Proportionen, Mass- u. Gewichtskunde, Münz- u. Geldwesen. Vierecke, Berechnung des Flächeninhaltes geradliniger Figuren, Verwandlung u. Theilung derselben, Aehnlichkeit der Dreiecke. Nach Močnik. 3 St. Im I. Sem. Mayr. Im II. Sem. Fischer.	Naturgeschichte der Wirbelthiere mit Ausschluss der Säugethiere. Im zweiten Semester Botanik. Nach Pokorny. 2 St. Dr. Ausserer.	Geometrische Ornamente in verschiedenen Stylarten nach Wandtafeln und Vorlagen. Einzelne Gesichtstheile. Gedächtniszeichnen. 4 St. A. Wolf.		Deutsch- und Lat. -Diktando. 1 St. Teimer.
Die 4 Grundoperationen mit Buchstaben, das Potenziren, Ausziehen d. Quadratwurzel. Die Kreislehre. Nach Močnik. 3 St. Dr. Ausserer.	Mineralogie in enger Verbindung m. Chemie u. Physik, insbesondere Magnetismus u. Electricität. Nach Pokorny und Krist. 3 St. Dr. Nachbaur.	Conturen von Köpfen und Ornamenten in den verschiedenen Stylarten nach Vorlagen. Modell- u. Gedächtniszeichnen. 4 St. A. Wolf.	Elementar Grammatik der franz. Sprache von Ploetz. Lection 1—90. Aussprache. Fürwörter Formenbildung der regelmässigen Zeitw. Bildung des Plurals. Participe passé. 4 St. Besson.	
Gleichungen des ersten Grades mit einer u. mehr Unbekannten; zusammengesetzte Verhältnisse und Proportionen mit Anwendungen. Die Lehre von den krummen Linien mit Ausschluss des Kreises; Elemente der Stereometrie. Nach Močnik. 3 St. Im I. Sem. L. Teimer. Im II. Sem. L. Mayr.	Naturlehre: Mechanik. Akustik u. Optik mit Erklärung der in diese Gebiete gehörigen Naturerscheinungen nach Krist. 3 St. I. Sem. Dr. Kiechl. II. Sem. Kaiser.	Schattirte Ornamente in den verschiedenen Stylarten, und der menschliche Kopf sowohl in Contur als auch mit Licht und Schatten nach Vorlagen. Gedächtniszeichnen. 4 St. A. Wolf.	Elementar Grammatik. Lect. 44—96. Formenbildung der Verben. Plural der Hauptw. u. Eigenschaftsw. Participe passé u. systematische Grammatik v. Ploetz. Lect. 1—6. Unregelmässige Zeitw. 4 St. Besson.	

B. Ober-

Curs	Religion	Deutsch	Latein	Griechisch
V	Die Göttlichkeit d. alt- und neutestamentlichen Offenbarung u. der katholischen Kirche. Nach Martins Lehrbuch, I. Bd., I. Th. 2 St. Schneider.	Lectüre aus Eggers Lehr- u. Lesebuche. I. Band m. sprachlichen u. sachlichen Erläuterungen, Anknüpfung übersichtlicher biographischer Angaben über die hervorragendsten Vertreter der einzelnen Dichtungsarten. Metrik und Poetik. Gewinnung der ersten ästhetischen Begriffe auf analytischem Wege. Alle 14 Tage eine schriftliche Arbeit. 2 St. I. Sem. Rastbichler, II. Heyl.	Liv. I, cap. 1—51; XXI, cap. 1—10 u. cap. 30—63. Ovid. trist. l. III, El. 4. Fast. l. II, v. 83—218. Metam l. 1, v. 89—415. Grammat. stilist. Uebungen nach Berger. Alle 14 Tage ein Pensum u. eine Composition. 6 St. Feuerstein, Klassenvorstand.	Aus Schenkl's Chrestom.: Xen. Cyrop. I—VII., IX.; Memor. III.; Homer Ilias I. Memoriren von 1—90. Nach der Gramm. von Dr. Curtius. Unregelm. Verba VIII. Kl. Allgemeine syntakt. Regeln; Casuslehre; Präpositionen; vom Pronomen. Von den Arten des Verbums. Alle 14 Tage abwechselnd eine Haus- und Schularbeit. 5 St. Rastbichler.
VI	Die kath. Glaubenslehre. Nach Martin. 2. Bd., I. Th. 2 St. Schneider.	Deutsche Mythologie, Heldensage und Literaturgeschichte bis Herder; nach Egger's Lesebuch 2. Göthe's Iphigenie. Alle 14 Tage eine schriftl. Arbeit. 3 St. Feuerstein.	Sall. bell. Jugurth. Caes. bell. civ. III, Vergil. lib. II, III., Grammatisch-stilistische Uebungen nach Schultz. Monatl. 1 Haus-, alle 14 Tage eine Schularbeit. 6 St. Baldauf, Klassenvorstand.	Hom. Il. XVI. XVII. XVIII. Herod. IX. Syntact. Uebungen nach Schenkl. Alle 14 Tage eine schriftliche Arbeit. 5 St. Feuerstein.
VII	Die kath. Sittenlehre. Nach Martin. 2. Bd., 2. Th. 2 St. Schneider.	Mittelhochdeutsche Gramm. und Lectüre nach Reichel. Neuhochdeutsche Lectüre mit Erläuterungen nach Egger's Lesebuch 2 Th. 1. Bd. Dazu Lessing's Natan. Literaturgeschichte von Herder bis zu den Romantikern. Alle 3 Wochen eine schriftl. Arbeit. 3 St. Zösmair.	Cicero pro Milone, pro M. Marcello. Vergils Aen. lib. IV, V, VI ed. Hoffm. Stilistische Uebungen nach Süpfle II. Thl. Alle 3 Wochen eine Composition. 5 St. Müller.	Demosth. Philipp. I. II.; über den Frieden; über die Angelegenheiten im Chersones. Hom. Odyss. V—VII. Alle 14 Tage eine grammat.-syntaktische Uebung. n. Curtius u. Schenkl. Monatlich eine Composition. 4 St. Fischer.
VIII	Die Kirchengesch. Nach Martin. 1 Bd. II. Th. 2 St. Schneider.	Lectüre aus dem Lesebuch v. Egger 2 Th. 2 Bd.; ausserdem Götz und Wilhelm Tell; Literaturgeschichte von der romantischen bis zur neuesten Schule; ästhetische Besprechungen; mehrere freie Vorträge, von den Schülern ausgearbeitet und gehalten. 3 St. Rastbichler.	Tacit. hist. I. 1—50. Agricola. Horat. carm. I. IV. epod. 1. 2. 7. sat. I, 1. 9. 10. sat. II, 2. 8. epist. I, 2. 16 nach der Schulausgabe von Grysar. Stilistische Uebungen nach Süpfle II. Th. Alle 3 Wochen eine Schularbeit. 5 St. Dr. Perathoner.	Plato's Apologie und Kriton. Odyssee VII. u. IX. Buch. Sophokles Antigone. Wiederholung der Satzlehre n. Curtius Grammatik. Monatlich 1 Composition 3 St. Rohrmoser, Klassenvorst.

Gymnasium.

Geographie, Geschichte	Mathematik	Naturwissenschaften	Philosophie, Propädeutik
Geschichte des Alterthums bis Augustus mit steter Berücksichtigung der damit zusammenhängenden geographischen Daten. Nach Pütz. 4 St. Baldauf.	Die Grundoperationen in ganzen und igebrochenen Zahlen. Verhältnisse und Proportionen.—Planimetrie. Nach Močnik u. Heis. 4 St. I. Sem. Gantner. II. Sem. Dr. Ausserer.	Systematische Mineralogie mit besond. Berücksichtigung der Krystallographie. Elemente der Geognosie. Nach Fellöcker. Botanik mit besond. Berücksichtigung der Anatomie und Physologie, sowie der Pflanzengeographie. Nach Thomé. 2 St. Dr. Ausserer.	
Römische Geschichte seit Augustus und Geschichte d. Mittelalters mit einschlägiger Geographie. Nach Pütz. 3 St. Zösmair.	Verhältnisse u. Proportionen, Potenzen, Wurzeln, Logarithmen u. Gleichungen des 1. Grades mit einer und mehreren Unbekannten. Wiederholung der Kreisl., Stereometrie u. Trigonometrie. Nach Močnik. 3 St. Dr. Fr. Kiechl.	Systematische Zoologie mit besonderer Rücksicht auf Anatomie und Physiologie, Nach Giebel. 2 St. Dr. Ausserer.	
Neuere u. neueste Gesch. in steter Verbindung mit der einschlägigen Geograph, Nach Pütz, III. Thl. 3 St.	Unbestimmte Gleichungen des 1. Grades. Quadratische Gleichungen. Arithmetische und geometrische Progressionen. Zinseszinsen- und Rentenrechnungen. Combinationslehre; binomischer Lehrsatz. Stereometrie. Anwendung der Algebra auf die Geometrie. Elemente d. analysischen Geometrie in der Ebene mit Einschluss der Kegelschnittslinien, Nach Močnik. 3 St. I. Sem. Dr. Kiechl. II. Sem. Kaiser.	Allgemeine Eigenschaften der Körper, die Wirkungen der Molekularkräfte, Mechanik u. Akustik. Nach Koppe. 3 St. Dr. Fr. Kiechl, Klassenvorst.	Formale Logik n. Lindner. 2 St. Dr. Perathoner.
Geschichte der Neuzeit bis zum Wiener Kongresse. N. Pütz, III. Band. Uebersicht der österreich. Geschichte. Oesterreichische Vaterlandskunde. Nach Hannak. 3 St. Rohrmoser.	Wiederholung der schwierigsten Partien. N. Močnik. 2 St. Dr. Fr. Kiechl.	Die Lehre vom Lichte und der Wärme, Magnetismus, Electricität u. Meteorologie. Nach Koppe. 3 St. Dr. Fr. Kiechl.	Empirische Psychologie, nach Lindner. 2 St. Dr. Perathoner.

Curs	Religion	Deutsch	Französisch	Englisch	Geographie und Geschichte
IV	Das Wichtigste aus dem Katechismus von Deharbe wiederholt u. näher erklärt. 2 St. Schneider.	Lectüre aus dem Lesebuche von Neumann, II. Bd., II. Th. mit sprachlicher u. sachlicher Erklärung, Geschäftsaufsätze, Tropen und Figuren, Verslehre. Vortrag memorirter Gedichte. Schriftliche Arbeiten alle 14 Tage. 3 St. Baldauf.	Beendigung der Conversations-Grammatik von E. Otto von Lect. 48 an. Eigenheiten d. franz. Adjectifs u. Substantifs. Pronoms, Modes, unregelmässige Zeitw. u. Leseübungen. 4 St. Besson.		Geschichte der neuesten Zeit nach Welter. Geographie Amerikas u. Australiens nach Hauke. Vaterlandskunde. Nach Hannak. 4 St. Zösmair.
V		Lectüre aus Eggers Lehr- u. Lesebuch, 1. Bd. mit sprachlichen und sachlichen Erläuterungen, Vortrag memorirter, besond. wertvoller poëtischer und prosaischer Lesestücke; historisch-biographische Notizen über die Hauptvertreter der einzelnen Dichtungsarten in beiden klassischen Literaturperioden, Anfangsgründe d. Aesthetik. Gelesen wurde ausserdem Schiller's Wallenstein. Alle 14 Tage eine schriftliche Arbeit. 3 St. I. Sem. Director. II. Sem. Heyl.	Systematische Gramm., von Plötz. Lect. 1—33. Unregelm. Zeitwörter, Formenlehre des Adjectifs und des Substantifs. Lectures choisies, v. Blötz, bis S. 77. 3 St. Besson.	G. Gurke's engl. Schulgrammatik mit den einschlägig. Uebungsstücken als schriftliche Schul- u. Hausaufgaben bis Lection 69. 3 St. Der Director.	Geschichte d. Alterthums b. Augustus, mit der betreffenden Geographie nach Gindely. 3 St. Zösmair, Klassenvorstand.
VI		Uebersicht der deutschen Literaturgeschichte bis Herder mit besonderer Berücksichtigung der klassischen Literaturperiode des Mittelalters in Verbindung mit der einschlägigen Lectüre aus Egger's Lesebuch 2. Bd., I. Thl. Lectüre ausgewählter Partien aus der Nibelungen Not und einzelner Lieder Walther's v. der Vogelweide mit Zugrundelegung d. mittelhochdeutschen Grammatik u. Verslehre von Reichel. Gelesen wurde ausserdem Göthe's Iphigenie. Alle 14 Tage eine schriftl. Arbeit. 3 St. I. Sem. Fischer. II. Sem. Heyl.	Systematische Gramm., von Plötz. Lect. 58 bis 72. Syntax d. Artikels, des Adjectifs und des Adverbs. Das Fürwort u. Wiederholung. Lectures choisies v. Plötz. 37—133. 3 St. Besson.	G. Gurke's engl. Schulgrammatik beendet. Die wichtigsten Regeln der Syntax mit den betreffenden schriftl. Uebungen. Lecture: Engl. Elementar-Lesebuch v. G. Gurke. 2 St. Der Director.	Geschichte des Mittelalters mit einschlägiger Geographie n. Gindely. 3 St. Zösmair.

Freie Gegenstände. Stenographie in wöchentl. 3 St., gelehrt von Herrn Dr. Perathoner (34 Sch.) Der Tiroler Stenographenverein spendete zwei Prämien. — Französisch in wöchentl. 2 St., gelehrt von Herrn

Mathematik	Darstell. Geometrie	Physik	Naturgeschichte	Chemie	Freihandzeichnen.
Wiederholung der Grundoperationen in ganzen und gebrochenen Zahlen. Potenzen und Wurzeln. Bestimmte Gleichungen des 1. Grades mit einer und mehreren Unbekannten. Reine quadratische und kubische Gleichungen. 3 St. Mayr.	Anwendung der vier algebraischen Grundoperationen zur Lösung von Aufgaben d. Planimetrie u. Stereometrie. Theoretisch-constructive Uebungen im Zeichnen d. wichtigsten ebenen Kurven. Die Anfangsgründe d. Projektionslehre. 3 St. L. Teimer, Klassenvorstand.	Hydrostatik, Aeorostatik, Akustik, Optik u. strahlende Wärme. Nach Krist. 2 St. Dr. Nachbaur.		Unorganische u. organische Chemie nach Quadrat. 3 St. Dr. Nachbaur.	Köpfe u. Ornamente n. Gypsmodellen. Uebungen in den verschiedenen Stylarten d. Ornamentik nach Vorlagen. Gedächtniszeichnen. 4 St. A. Wolf.
Algebra: Wiederholung d. allgemeinen Arithmetik; Zahlensysteme. Theilbarkeit. Dezimalbrüche, Potenzen, Wurzelgrössen, Verhältnisse und Proportionen. Gleichungen des 1. Grades mit mehr als 2 Unbekannten. Imaginäre und complexe Zahlen; Quadratische Gleichungen mit 1 und 2 Unbekannten. — Geometrie: Planimetrie. Uebungen im Lösen von Constructionsaufgaben. Nach Močnik u. Heis. 6 St. I. Sem. Mayr. II. Sem. Kaiser.	Sätze und Aufgaben über den Punkt, die gerade Linie und die Ebene; Projectionen von Körpern, die von Ebenen begränzt sind; Schnitte von Körpern mit Ebenen; gegenseitige Durchschnitte der Körper. Nach Schnedar. 3 St. L. Teimer.		Zoologie der Wirbel- u. wirbellosen Thiere. Nach Schmidt. 3 St w. Mayr.	Unorganische Chemie: Metalloide u. leichte Metalle, Alkalimetrie. Nach Lorscheid. 3 St. Dr. Nachbaur.	Ornamente n. Gypsmodellen u. Vorlagen in verschied. Stylarten, Kopf- u. Gedächtniszeichn. 4 St. A. Wolf.
Algebra: Logarithmen; Gleichungen höheren Grades, welche auf quadratische zurückgeführt werden können; Exponentialgleichungen; arithmetische und geometrische Progressionen mit Anwendung auf Zinseszins- und Rentenrechnungen; Einiges über die Konvergenz unendlicher Reihen; Kombinationslehre; binomischer Lehrsatz. — Geometrie: Goniometrie und ebene Trigonometrie nebst zahlreichen Uebungsaufgaben in besonderen und allgemeinen Zahlen; Stereometrie mit Uebungen im Berechnen des Inhaltes und der Oberfläche der Körper; Elemente der sphärischen Trigonometrie. Nach Močnik und Heis. 5 St. I. Sem. L. Teimer. II. Sem. Kaiser.	Erzeugung und Darstellung der aufwickelbaren, der windschiefen Flächen und der Umdrehungsflächen; ebene Schnitte krummer Flächen; Durchschnitte zweier krummer Flächen; Berührungsebenen an krummen Flächen; schiefe Projection (Schattenlehre). Nach Schnedar. 3 St. L. Teimer.	Allgemeine Eigenschaften der Körper, die Wirkung d. Molekularkräfte Mechanik und Akustik. Nach Koppe. 4 St. Dr. Fr. Kiechl.	Im 1. Sem.: Anatomie und Physiologie der Pflanzen, im 2. Sem.: system. Botanik. Nach Thomé. 2 St. Dr. Ausserer.	Unorganische Chemie: Schw Metalle. Nach Lorscheid. Organ. Chemie: Einleitung. Albuminate. Kohlenhydrate einatomige Alkohole. Nach Willigk. 3 St. Analyt. Uebungen. 4 St. Dr. Nachbaur. Klassenvorst.	Das Kopfzeichnen nach Gypsmodellen und Vorlagen mit zwei Kreiden ausgeführt. Ornamente in verschiedenen Stylarten im vergrösserten Massstabe. Gedächtniszeichnen. 4 St. A. Wolf.

Ch. Besson (9 Sch.). — Gesang in wöchentl. 5 St., gelehrt von Herrn W. Briem (53 Sch.). — Turnen in wöchentl. 4 St., gelehrt von Herrn Joh. Drexel (40 Sch.).

III. Vermehrung der Lehrmittel und Sammlungen in den Schuljahren 1872/73 und 1873/74.

A) Bibliothek.

a) Lehrer-Bibliothek.

α) Durch Ankauf.

Firdusi, Schach Nameh. — Fr. Bopp, vergleichende Grammatik des Sanscrit, Send ect. 3. Ausgabe. 5 Thle. — C. Arendt, ausführliches Sach- und Wortregister zur 2. Aufl. von Fr. Bopp's vergl. Grammatik. — Dr. H. Steinthal, Geschichte der Sprachwissenschaft bei den Griechen und Römern. — Calvary's philol. und archäolog. Bibliothek, Bd. 1—23. — E. Guhl und W. Koner, Das Leben der Griechen und Römer, 3. Aufl. — Dr. Th. Bergk, Geschichte der griech. Literatur, Bd. 1. — Launitz, Wandtafeln zum griech. Theaterwesen (3 Stücke). — A. Schäfer, Demosthenes und seine Zeit, 4 Bde. — C. Fr. v. Nägelsbach, homerische Theologie, 2. Aufl., bearbeitet von G. Autenrieth. — Platons sämmtliche Werke übersetzt von H. Müller, mit Einleitungen von K. Steinhart, 8 Bde. — Dr. Fr. Susemihl, Die genetische Entwicklung der platonischen Philosophie, 3 Thle. — Sophoclis Ajax ed. Chr. A. Lobeck. Ed. III. — Sophokles übers von J. J. C. Donner, 7. Aufl., 2 Bde. — Xenophontis opera ed. G. Sauppe, 5 Bde. — Dr. Th. Bergk, poetae lyrici graeci. Ed. III, 3 Bde. — Corssen, über Aussprache, Vocalismus und Betonung der lat. Sprache, 2. Ausg., 2 Bde. — W. S. Teuffel, Geschichte der röm. Literatur, 2. Aufl. — W. S. Teuffel, Studien und Characteristiken. — Dr. J. Ph. Krebs, Antibarbarus der lat. Sprache. 4. Aufl., bearb. von Dr. F. X. Allgayer. — Ciceronis opera ed. J. G. Baiter, C. L. Kayser, 11 Bde. — Q. Horatii Flacci opera ed. Bentlejus, Ed. III, 2 Bde. — Dr. E. Laas, Der deutsche Unterricht auf höhern Lehranstalten. — Gebr. Grimm, Deutsches Wörterbuch, IV. Bd., I. Abth., 6. Liefg., II. Abth., 5—7. Liefg., V. Bd., 12. Liefg. — L. Diefenbach und E. Wülcker, hoch- und niederdeutsches Wörterbuch, 1. Liefg. — R. Westphal, Theorie der neuhochdeutschen Metrik. — R. Gottschall, Die deutsche National-Literatur, 4 Bde. — G. Othmer, Vademecum für Freunde der Literatur. — A. Stahr, Göthe's Frauengestalten, 4. Aufl., 4 Bde. — H. Heine, Reisebilder, 2 Bde. — Schiller's sämmtliche Werke, hist.-krit. Ausg. VII., XI. und XIV. Bd. — Dr. R. Sonnenburg, abstract of english grammar with questions. — Chr. Fr. Grieb, engl.-deutsches u. deutsch-englisches Wörterbuch, 7. Aufl., 2 Bde. — L. Herrig, first english reading book. — L. Herrig, the british classical authors, 21. Aufl. — English essays, 4 Bde. — Drioux, histoire de la littérature française. — D. Nisard, histoire de la littérature française, 5. Ausg., 4 Bde. — Fr. Kreyssig, Studien zur französischen Cultur- und Literaturgeschichte. — Dr. Fr. Müller, allgemeine Ethnographie. — L. Doublier, Gesch.

des Alterthums vom Standpunkte der Cultur. — Schwegler, römische Geschichte, 2. Aufl., I. Bd., 1. und 2. Abth., II. und III. Bd. — K. Zeuss, Die Deutschen und ihre Nachbarstämme. — S. Sugenheim, Geschichte des deutschen Volkes und seiner Cultur, 2 Bde. — Giesebrecht, Geschichte der deutschen Kaiserzeit, IV. Bd. 1. Abth. — O. Lorenz, Deutsche Geschichte im 13. und 14. Jahrhundert, Bd. I. und II. 1. Abth. — L. Häusser, Deutsche Geschichte vom Tode Friedrichs des Grossen bis zur Gründung des deutschen Bundes, 4. Aufl., 4 Bde. — A. v. Arneth, Maria Theresia's erste Regierungsjahre, 3 Bde. — W. Müller, politische Geschichte der Gegenwart, 5 Bde. — Dr. G. Weber, allgemeine Weltgeschichte, X. Bd., 1. und 2. Abth. — Ranke's sämmtliche Werke, Bd. XXIV—XXVI, XXXVII, XXXVIII. — L. Feuerbach, Der Ursprung der Götter, 2. Aufl. — K. Simrock, Handbuch der deutschen Mythologie. — F. Kugler, Atlas der Kunstgeschichte, 2 Bde.; Text dazu von Dr. C. Fr. A. v. Lützow und Dr. W. Lübke, 1 Bd. — Dr. F. Keller, archäologische Karte der Ostschweiz. — W. Czerny, terminologisches Relief zur physikalischen Geographie. — K. v. Spruner's Handatlas, 3. Aufl. von Th. Menke, 6.—11. Liefg. — A. Stieler's Handatlas über alle Theile der Erde etc., neu bearb. von A. Petermann ect., 1.—19. Liefg. — Sydow's Wandatlas, 8 Karten mit 6 Heften Text. — C. v. Spruner's historische Karte von Europa, mit 7 Tafeln, 1859. — Mayr's Atlas der Alpenländer und Mittelitalien (11 Karten). — G. v. Kaler, Schulwandkarte von Vorarlberg. — Fiedler, die Elemente der neueren Geometrie und der Algebra. — Plücker, neue Geometrie des Raumes. I. Abth. — Fort und Schlömilch, Lehrbuch der analyt. Geometrie, 3. Aufl., 2 Thle. — Steiner, Vorlesungen über synthetische Geometrie, 3. Aufl., 2 Thle. — Schlömilch, Uebungsbuch zum Studium der höheren Analysis, 2 Bde. — Hesse. Die Determinanten. — Schneitler, Lehrbuch der gesammten Messkunst. — Schlotke, stereoskopische Figuren. — Schlotke. Hauptaufgaben der descriptiven Geometrie. — Riss, Schattirungskunde. — Tilscher, Beleuchtungsconstruction sammt Atlas. — Tilscher, System der Perspective sammt Atlas. — Mohr, Titrirmethode. — Dr. L. Külp, Die Schule des Physikers. — Dr. W. Schell, Theorie der Bewegung der Kräfte. — Dr. H. Schellen, Der electromagnetische Telegraph, 5. Aufl. — Dr. A. Wüllner, Lehrbuch der Experimentalphysik, 2. Aufl., Bd. IV. — Fick, medizinische Physik. — Dr. W. Schumacher, Die Physik in ihrer Anwendung auf Agricultur und Pflanzenphysiologie, 2 Bde. — Neubauer, Analyse des Harns. — Bolley, Handbuch der chemischen Technologie (so weit es erschienen.) — Schmarda, Zoologie, II. Bd. — Bronn, Classen und Ordnungen des Thierreichs, V. Bd., 18. und 19. Liefg., VI. Bd., II. Abth., 4. und 5. Liefg. — J. Hyrtl, Handbuch der praktischen Zergliederungskunst. — Dr. Fr. Leydig, Vom Baue des thierischen Körpers. — Dr. Fr. Leydig, Tafeln zur vergleichenden Anatomie. — G. Stricker, Handbuch der Lehre von den Geweben des Menschen und der Thiere, 2 Bde. — Huxley, Anatomie der Wirbelthiere. — J. V.

Carus, Icones zootomicae. — Fitzinger, Bilderatlas zur Zoologie, 4 Thle. — Leunis, Synopsis der 3 Naturreiche, II. Th. Botanik, II. Hälfte, 6. Heft. — W. Hofmeister, Handbuch der physiologischen Botanik, I. Bd. 1. und 2. Abth., II. Bd. 1. Abth., IV. Bd. — Dr. L. Rabenhorst, Kryptogamenflora von Sachsen ect. 2 Bde. — L. Rudolph, Atlas der Pflanzengeographie. — A. Pokorny, Die Holzpflanzen Oesterreichs. — Dr. G. Tschermak, Grundriss der Mineralogie. — Vogt, Lehrbuch der Geologie, II. Bd., 3. Liefg. — Kobell, Tafeln zur Bestimmung der Mineralien. — E. Haeckel, generelle Morphologie. — Hauer, geolog. Uebersichtskarte der österr.-ung. Monarchie, Blatt IV, VII—IX, XI und XII und Text zu Blatt VII und VIII. — Erdmann, psychologische Briefe. — Lazarus, Das Leben der Seele, I. Bd. — W. Wundt, Vorlesungen über die Menschen- und Thierseele, 2 Bde. — W. Wundt, Grundzüge der physiologischen Psychologie, 1. Hälfte. — Brockhaus, Conversations-Lexicon, 11. Aufl., 15 Bde. — Bericht über österr. Unterrichtswesen. Aus Anlass der Weltausstellung 1873, herausgegeben vom k. k. österr. Unterrichtsministerium, 2 Thle. — Ausserdem noch 36 Bände und 15 Hefte von weniger nennenswerthen Schriften.

β) Zuwachs durch Schenkung.

Vom hohen k. k. Ministerium für Cultus und Unterricht: Fr. Kurschat, Wörterbuch der littauischen Sprache, I. Theil: Deutsch-litt. Wörterbuch, I. Bd., 4. und 5. Liefg., II. Bd., 1. und 2. Liefg. — Dr. G. W. Hopf, aus 25 Schuljahren Erfahrungen etc. — Oesterreichische Geschichte für das Volk, XIII. Bd. — Statistik der öffentlichen und Privatvolksschulen für das Schuljahr 1870/71. — Industriestatistik der österr. Monarchie für die Jahre 1856—58, 3 Bde. — Statistisches Jahrbuch der österr. Monarchie für die Jahre 1863 und 1864, 2 Bde. — Statistisches Handbüchlein des Kaiserthums Oesterreich für die Jahre 1866 bis 1868, 4 Hefte. — Das österr. Budget für 1862, 1.—5. Heft. — Ethnographie der österr. Monarchie, I. Bd. 1. Abth., II. und III. Bd. — Vom k. k. österr. Museum für Kunst und Industrie: Bucher, die Kunst im Handwerke. — Von der P. T. Beck'schen Universitäts-Buchhandlung (A. Hölder) in Wien: V. Hintner, Griech. Elementarbuch. — V. Hintner, Beiträge zur tirolischen Dialectforschung I. — Dr. J. Hauler, Aufgaben zur Einübung der latein. Syntax, I. Th.: Casuslehre. — Dr. B. v. Muth: Mittelhochdeutsches Lesebuch. — Von der P. T. Verlagshandlung F. A. Herbig in Berlin: Dr. C. Plötz, Elementarbuch der franz. Sprache, 27. Aufl. — Elementargrammatik der franz. Sprache, 8. Aufl. — Schulgrammatik der franz. Sprache, 23. Aufl. — Franz. Chrestomathie, 16. Aufl. — Zweck und Methode der franz. Unterrichtsbücher, 3. Aufl. — Von der P. T. Waisenhausbuchhandlung in Halle: H. A. Daniel, Ein Lebensbild. — Vom Herrn Verfasser Fr. X. Moosmann: Leitfaden der Geschichte Vorarlbergs. — Kleine Geographie des Landes Vorarlberg. — Von Herrn Director J. Elsensohn Werke verschiedenen Inhaltes (17 Bände), sowie Darstellungen vom Zuge der

Panathenaeen auf dem Friese des Parthenons in Gyps im verkleinerten Massstabe.

Eine sehr werthvolle Schenkung wurde der Anstalt laut testamentarischer Verfügung durch den im Jahre 1872 verstorbenen Director des k. k. Münz- und Antiken-Cabinetes in Wien, Herrn Regierungsrath Dr. Jos. R. v. Bergmann, der schon zu seinen Lebzeiten die Anstalt wiederholt bedacht hatte. In seinem Testamente verfügte er nämlich, dass aus seiner Bibliothek „die sein theures Vaterland Vorarlberg und die angrenzenden Gebiete betreffenden historischen, geographischen und topographischen Bücher, des weiteren andere (namentlich angeführte) Werke historischen Inhaltes, die Notizbücher und verschiedene beschriebene Bogen und Blätter, die manche da und dort gesammelte Notizen über die Heimat enthalten, sowie verschiedene über die deutschen Mundarten handelnde Werke, die (von dem Verstorbenen selbst) geschriebenen druckfertigen Abhandlungen, und endlich die vielen aus Vorarlberg zugeschickten Zettelchen als nothwendiges Hilfsmateriale zur völligen Ausarbeitung des bereits begonnenen Idiotikons durch einen im Lande gebornen Professor des Gymnasiums zu Feldkirch dieser Anstalt zufallen sollten. Diese, sowie die bereits früher der Anstalt geschenkten Bücher und Schriften seien in einem eigenen Kasten zu verwahren und habe ein Katalog über dieselben angefertigt zu werden“.

Einer von dem Verstorbenen seinem Sohne, Herrn Dr. E. R. von Bergmann, Custos am k. k. Münz- und Antiken-Cabinete zu Wien, gegenüber gemachten mündlichen Aeusserung zu Folge soll das Legat für alle Fälle der Stadt Feldkirch erhalten bleiben. Demgemäss habe dasselbe bei Aufhebung oder Verlegung des k. k. Staatsgymnasiums zu Feldkirch, in seinem vollen Umfange in den Besitz und die Verwahrung der Stadt Feldkirch überzugehen, aber der Benützung zugänglich zu sein.

Dem Willen des Verstorbenen gemäss wurde demnach das Legat in drei, mit den Buchstaben H, J und Y und der Aufschrift „Bibliothek Bergmann“ versehenen Kästen untergebracht und von Herrn Prof. Ludwig Fischer ein Katalog verfasst. Aus diesem ergibt sich folgende Uebersicht:

Werke über die deutsche Sprache handelnd: 76 Bde., 69 Hefte, 2 Bl.,
Werke über andere Sprachen handelnd: 207 Bde., 46 Hefte, — Bl.,
Werke geschichtlichen Inhaltes: 281 Bde., 283 Hefte, 26 Bl.,
Werke verschiedenen Inhaltes: 70 Bde., 91 Hefte, 14 Bl.
und 10 Karten, zusammen 1175 Nummern, wozu noch der gleichfalls geordnete handschriftliche Nachlass kommt.

Es möge nun noch ein Blick auf das Leben und Wirken des Verstorbenen gestattet sein:

Josef Bergmann wurde am 30. November 1796 in Hittisau geboren. In den Jahren 1808 bis 1810 studirte er am Gymnasium in Feldkirch, sodann bis 1815 in Kempten und hierauf in Wien, wo er 1822 seine juridisch-politischen Studien absolvirte. Im Jahre 1826 erhielt er eine Professur am Gymnasium in Cilli, und nach dem unerwartet frühen Hinscheiden des jungen ausgezeichneten Gelehrten Alois Primisser wurde ihm im Jahre 1828 die Stelle des dritten Custos am k. k. Münz- und Antiken-Cabinete in Wien mit der Dienstleistung bei der Ambraser Sammlung verliehen. Im Jahre 1834 rückte er zum zweiten, im Jahre 1840 zum ersten Custos vor. Im Jahre 1863 wurde er Director des Cabinets und bekleidete dieses Amt durch 8 Jahre. Am 1. März 1871 sah er sich nach zurückgelegter fünfundvierzigjähriger Dienstzeit in Folge seiner gebrochenen Gesundheit genöthigt, um seine Jubilirung anzusuchen, die ihm auch in ehrenvollster Weise gewährt wurde. Er zog sich hierauf nach Graz zurück, wo er am 29. Juli 1872 nach einem längere Zeit dauernden Lungenleiden verschied. Seine irdischen Reste ruhen auf dem St. Leonhardsfriedhofe daselbst.

Ueber 170 Publicationen waren die Früchte seines fünfzigjährigen Fleisses. Nach der Natur seines Berufes und seiner Neigung hatten diese Sprachwissenschaft, Numismatik und Geschichte zum Gegenstande. Von seinen Werken beziehen sich 40 Abhandlungen auf sein ihm stets theures Vaterland Vorarlberg, als dessen „treuen“ Sohn er sich selbst stets bekannte. Wo er etwas zur Förderung desselben beitragen konnte, vorzüglich zur genaueren Kenntniss desselben, versäumte er es zu keiner Zeit. Ueber seinen Charakter äussert sich der k. k. Rath von Köchel folgendermassen: „Strenge Rechtlichkeit, selbstlose Uneigennützigkeit, ängstliche Gewissenhaftigkeit in Erfüllung seiner Berufspflichten machten den Grundzug seines Charakters aus. Treue Anhänglichkeit an seinen Monarchen und sein grosses Vaterland wie seine Heimat drückt sich in allen seinen Schriften aus. Warme Liebe für seine Familie und seine Freunde, und allgemeines Wohlwollen für jeden Hilfesuchenden sprach sich ungeschminkt und wahr aus“.

Bergmann erhielt im Jahre 1844 den Charakter eines k. k. Rathes und 1868 wegen seiner wissenschaftlichen Leistungen den eines k. k. Regierungsrathes. Im Jahre 1854 wurde er mit dem Ritterkreuze des Franz-Josef-Ordens, 1866 mit dem Ritterkreuze des Ordens der eisernen Krone und 1871 bei seiner Jubilirung mit dem Comthurkreuze des Franz-Josef-Ordens ausgezeichnet. Er war Ehrendoctor der Wiener Universität, wirkliches Mitglied der k. k. Akademie der Wissenschaften in Wien und der kgl. bayer. Akademie in München, ferner Ehrenmitglied von vielen in- und ausländischen historischen und numismatischen Gelehrtenvereinen.

Dass Ritter von Bergmann's Wert auch von seinen eigenen Landsleuten erkannt wurde, beweist das von den Stadt- und Marktgemeinden Vorarlbergs zu seinem zurückgelegten vierzigsten Dienstjahre an ihn gerichtete Beglückwünschungsschreiben, in welchem er eine „Zierde des Landes“ genannt wird.

Eine andere werthvolle Schenkung wurde endlich noch der Anstalt durch den einstigen Director derselben, Herrn Jos. Stocker, der in seinem Testamente derselben 546 Bände und 124 Hefte, theils die verschiedenen

Wissenschaften behandelnd, theils Werke der schönen Literatur, hinterliess. (Vide Chronik.)

Die Programmsammlung wurde durch Herübernahme von 380 Programmen aus der Sammlung der früher bestandenen Communal-Realschule, sowie durch den Zuwachs von 250 österreichischen und 459 ausländischen Programmen auf 3798 Nummern gebracht.

γ) Zeitschriften.

1. Angekaufte.

Zeitschrift für die österr. Gymnasien, Jahrg. 1873 und 1874. — Die Realschule, Zeitschrift für Real- und Bürgerschulen, Jahrgang 1873 u. 1874. — Philologus, Zeitschrift für das klassische Alterthum, XXXIV. Bd, 1. Heft. — H. v. Sybl, historische Zeitschrift XIV. Jahrg. 1872, Heft 1—4, XVI. Jahrg. Heft 1 und 2. — Schriften des Vereines für Geschichte des Bodensees und seiner Umgebung, Bd. I—IV. — Dr. A. Petermann, Mittheilungen aus Just. Perthes geographischer Anstalt, Bd. XVIII, XIX und XX. Heft 1—6; Ergänzungsheft Nr. 33 und 34. — Mittheilungen der geograph. Gesellschaft in Wien, Bd. XV (neue Folge V), Nr. 4—12, Bd. XVI (neue Folge VI), und Bd. XVII (neue Folge VII), Nr. 1—5. — Hoffmann, Zeitschrift für mathemat. und naturwissenschaftl. Unterricht, III. Jahrg. 1872, Heft 2—6, IV. Jahrg. 1873 und V. Jahrg. 1874, Heft 1 und 2. — Troschel, Archiv für Naturgeschichte, XXXVIII. Jahrgang 1873, Heft 1—3; 1871, Heft 5 und 6. — Verhandlungen der k. k. zoolog.-botan. Gesellschaft in Wien, Jahrg. 1872 und 1873, 2 Bde. — Poggendorff, Annalen der Physik und Chemie, Bd. 145—151. — Hirzel, Jahrbuch der Erfindungen, I.—V., VIII. und IX. Jahrg. — Chemisches Centralblatt, Jahrg. 1872—1874, 3 Bde. — R. Maly, Jahresber. der Fortschritte der Thier-Chemie. I. Bd. — Dr. R. Jacobsen, chemisch-technisches Repertorium, Jahrg. 1862—73, 11 Bde.

2. Durch Schenkung zugekommene.

Vom hohen k. k. Ministerium für Cultus und Unterricht: Germania, Vierteljahresschrift für deutsche Alterthumskunde, XVII. Jahrg. (Neue Reihe, V. Jahrg.) 2.—4. Heft, XVIII. Jahrg. (VI.) u. XIX. Jahrg. (VII.), Heft 1. — Oesterreichische botan. Zeitschrift, XXII. Jahrg. 1872, Nr. 7—12, XXIII. Jahrg. 1873 und XXIV. Jahrg. 1874, Nr. 1—5. — Jahresbericht des k. k. Ministerium für Cultus und Unterricht für 1872 und 1873, 2 Bde. — Von der k. k. Akademie der Wissenschaften: Sitzungsberichte a) philos.-hist. Classe Bd. LXVIII, 2. Heft bis LXXIII, 3. Heft; b) mathem.-naturwissenschaftl. Classe, I. Abth., Bd. LXIV bis LXVII, 5. Heft, II. Abth. Bd. LXIV bis LXVII, 3. Heft, III. Abth. Bd. LXV und LXVI, 1.—5. Heft. — Register zu den Bänden LXI bis LXX der Sitzungsberichte der philos.-hist. Classe. — Archiv für österr. Geschichte Bd. XLVII, 2. Hälfte bis Bd. L. 1. Hälfte. — Fontes rerum Austriacarum, II. Abth. Bd. XXXV bis XXXVII. — Almanach 1872 u.

1873, 2 Bde. — Von der k. k. Central-Commission für Erhaltung der Baudenkmale: Mittheilungen, XVII. Jahrg., die Hefte von Juli bis Dezember, XVIII. Jahrg. und Supplementband, 1. u. 2. Heft. — Vom Ferdinandeum in Innsbruck: Zeitschrift des Ferdinandeums für Tirol und Vorarlberg, III. Folge, 17. und 18. Heft.

b) Schüler - Bibliothek.

α) Durch Ankauf.

Eine Sammlung von Werken, Tirol betreffend, 14 Bde. und 11 Hefte. — Hoffmann's Jugendbibliothek, 141.—145. Liefg. — Andersen's sämmtliche Märchen, 7. Aufl. — W. H. Riehl, die Familie; Die bürgerliche Gesellschaft; Land und Leute. — K. Simrock, Auserlesene deutsche Volksbücher, 2 Bde. — Das Buch der Erfindungen, 6. Aufl. 6 Bde. — F. C. Vilmar, Geschichte der deutschen National-Literatur, 14. Aufl. — J. v. Wickede, Geschichte des Krieges von Deutschland gegen Frankreich in den Jahren 1870 und 1871, 2. Aufl. — Dr. J. Egger, Geschichte Tirols, II. Bd., 1. und 2. Liefg. — H. Wagner, Entdeckungsreisen in der Heimat, 2 Bde. — H. E. Stötzner, Unsere Zeit. — Die Franklin-Expeditionen, 3. Aufl. — F. v. Hochstetter, geologische Bilder der Vorwelt und Jetztwelt. — Dr. G. Jaeger, Deutschlands Thierwelt nach ihren Standorten eingetheilt, 2 Bde.

β) Zuwachs durch Schenkung.

Vom hohen k. k. Ministerium für Cultus und Unterricht: Oesterreichische Geschichte für das Volk, XIII. Bd. in 2 Exempl. — Von der P. T. Beck'schen Universitätsbuchhandlung (A. Hölder) in Wien: Dr. J. Hauler, Aufgaben zur Einübung der lateinischen Syntax. I. Theil: Casuslehre. — Dr. E. Hannak, Lehrbuch der Geschichte der Neuzeit. — Von Herrn Kreisgerichtspräsidenten Voglsanger: Schulbücher, 20 Bde. — Von Herrn Advokaten Dr. A. Häusle: latein. und griech. Classiker-Ausgaben, 27 Bde. — Von Herrn J. Kiene, k. k. Postbeamten in Bregenz: Schulbücher, 11 Bde. — Von Herrn Curator A. Kraft in Parthennen: Ciceronis opera ed. Nobbe, 12 Bde. — Von Herrn Fr. X. Moosmann: Kleine Geographie des Landes Vorarlberg.

Das insbesondere in den letzten zwei Jahren wegen der Katalogisirung der vielen, theils geschenkten, theils angekauften Werke äusserst mühevolle Amt des Bibliothekars versah Herr Prof. Ludwig Fischer mit der grössten Gewissenhaftigkeit und Sachkenntnis.

B. Naturwissenschaftliche Lehrmittel.

a) Für Physik.

α) Durch Ankauf.

Kräftenparallelogramm. Modell einer Wage. Schwerpunktsfiguren. Fessels' Rotationsmaschinchen. Eine Bürette. Gasregulator. Gasometer.

Literflaschen. Zwei Stimmgabeln. Hölzer (gestimmte). Modelle von Fernrohr und Mikroscop. Ein Gallileisches Fernrohr. Eine Convexlinse. Vier Thermometer. Ein Kryophor. Eine Dampfmaschine. Ein Psychrometer. Eine Trockenkammer. Ein Siedeapparat. Drei Kalorimeter. Bologneserfläschchen und Glasthränen. Tangentenbussole. Quadrantenelectrometer. Dezimalwage. Glasbläsetisch mit Zugehör. Spektralröhren. Flaschenelement. Hydraulischer Widder, Convex-Spiegel. Ein Dampfkolben. Rotirender Spiegel. Spektraltafeln Nr. II und III. Phonautograph. Uranglasbecher. Zwei Tischstative. Electromagnet.

β) **Vom Fachlehrer Herrn Prof. Dr. Kiechl angefertigt und dem Cabinete zum Geschenke gemacht:**

Noniusmodell. Turbinenmodell. Mariotti'sche Flasche. Pfeife mit Flammenzeigern. System von Rollen und Flaschenzügen. Wellenapparat nach Crova. Wellenapparat nach Eisenlohr. Apparate zur Demonstration der Nachbilder, der Reflexion und Brechung des Lichtes, der Pendelgesetze, des Fourault'schen Pendelversuches, des Falles eines Körpers über eine Sehne im Durchmesser eines Kreises, des Drehungsmomentes, der Fortpflanzung des Druckes, der Gesetze für gleitende Reibung. Ein Spektroscop. Astatische Doppelnadel. Zwei Leydner Flaschen. Lane'sche Flasche. Blitztafel. Blitzhäuschen.

Ausserdem wurde der physikalische Hörsaal, das Cabinet und die Küche mit einer zweckdienlichen Gasleitung versehen, für deren Herstellung der Unternehmer Herr Schüller aus Rücksicht auf den Zweck nur ungefähr die Hälfte der sonst üblichen Bezahlung verlangte.

b) Für Chemie.

Platintiegel mit Deckel. Platinspatel und Löffel. Platindrähte. Aluminiumblech. Magnesiumdraht. Bürettengestell mit 4 montierten Büretten. Apparat zur Comprimierung und Verdünnung der Gase. Spectroscop mit 3 Fernröhren. Spectroscop à vision directe. Teller und Rezipient zur Luftpumpe. Hämoscop von Goldschmied. Mikroscop von Zeiss.

Alle in der ehemaligen Communal-Unterrealschule vorhandenen Apparate, Werkzeuge und Einrichtungsstücke befinden sich nunmehr im chemischen Laboratorium der vereinigten k. k. Staatsmittelschulen.

Mehrere physikalische Apparate wurden dem chemischen Laboratorium von den Herrn Ritter von Tschavoll, Bürgermeister, und Rudolph Ganahl, Fabrikant, theils zur Benützung überlassen, theils zum Geschenke gemacht.

c) Für Naturgeschichte.

α) Zoologische Abtheilung,

Die zoologische Sammlung wurde durch folgende Objekte bereichert:

1. Scelette und zwar folgende Arten: Mensch, Katze, Hausgans, Stossfalke, Schildkröte, Kreuzotter, Frosch, Flussbarsch und Sterbet.

2. Injectionsapparate zur Erläuterung des Circulationssystems und zwar: Vogel, Schildkröte, Schlange, Frosch und Fisch.

3. Dr. Bock's anatomische Gypsmodelle:

  a) Rumpf mit Brust und Baucheingeweiden, zerlegbar;

  b) Knöcherner Kopf mit zerlegbarem Gehirn;

  c) Kopf mit theilweiser Eröffnung der Schädelhöhle, der Augenhöhle etc.;

  d) Kopf mit Durchschnittsfläche;

  e) Das Herz mit abhebbarer vorderer Wand;

  f) Das Gehörorgan, zerlegbar.

4. Ein Kehlkopfpraeparat aus Papiermaché.

5. Eine Sammlung von 48 Species ausgestopfter Vögel und 5 Species ausgestopfter Säugethiere.

6. Einige Reptilien und Amphibien in Spiritus.

7. Unterkiefer eines Alligators (Geschenk des Herrn Dr. Nachbaur).

8. Geweihe eines Rehes und Horn einer Gemse (Geschenk des Hrn. Holzhammer).

9. Zwei anatomische Bestecke; eines für Mikrotomie.

β) Botanische Abtheilung.

Diese Abtheilung erhielt einen ganz bedeutenden Zuwachs durch das sehr fleissig angelegte und für die Flora Vorarlberg's höchst wichtige Herbar des verstorbenen Herrn Directors Stocker. Es enthält 1297 Arten, darunter 1182 Phanerogamen und 115 Kryptogamen. (Vide Chronik.)

Auch der botanische Garten wurde durch eine bedeutende Anzahl neuer Arten bereichert. Für das Glashaus wurde unter anderem gekauft: Alsophila arborea, Musa Cavendishii, Caffea arabica, Casuarina equisetifolia, Arbutus Unedo, Smilax officinalis etc. etc.

Die Alpenanlage ist nun nahezu ganz mit Pflanzen bevölkert.

Die gute Instandhaltung und Verschönerung des bot. Gartens und der Alpenanlage, welche nicht nur von Bewohnern Feldkirchs, sondern auch von sehr vielen Reisenden besucht wird, ist der unermüdlichen Thätigkeit des Herrn Prof. Dr. A. Ausserer zu verdanken.

γ) Mineralogische Abtheilung.

1. Zehn Krystallmodelle aus Glas mit deutlichen, rothgefärbten Axen, verfertigt von Dr. Langhans in Fürth.

2. Eine für den ersten Unterricht recht wohl verwendbare kleine Sammlung von Mineralien, Geschenk des verstorbenen Herrn Grossrubatscher, k. k. Kreisgerichtsadjuncten.

3. Auch diese Abtheilung verdankt dem verstorbenen Herrn Director Stocker eine höchst wertvolle Bereicherung. Genannter Gönner hinterliess nämlich seine wohlgeordnete, aus circa 900, mitunter wirklich prachtvollen Stücken bestehende Mineraliensammlung der Anstalt. (Vide Chronik.)

Um das schon vorhandene Materiale und das jüngst acquirirte entsprechend aufstellen zu können, wurden 3 grosse Kästen neu angeschafft und zwei schon vorhandene dem Bedürfnisse entsprechend umgeändert.

C) Für darstellende Geometrie.

13 Modelle aus J. Schröder's polytechnischem Arbeits-Institute in Darmstadt.

D) Für den Zeichnungsunterricht.

α) Durch Ankauf.

Vorlagen.

25 Stück Drahtmodelle. 5 Hefte erster Unterricht von Guido Schreiber. 6 Hefte Flachmalerei von Guido Schreiber. 34 Vorlagen Linealz. von Volz. 20 Vorlagen Linealz. von Seybold. 2 Hefte Ornamente von Eisenlohr. 3 Hefte Ornamente von Taubinger. 23 Stück Ornamente von Taubinger. 6 Hefte Formensammlung von Roller. 24 Stück Wandtafeln von Hertel. 10 St. lithographische Vorlagen von Schön. 11 St. Studienköpfe von Taubinger. 50 St. Cours de dessin von Julien. 7 St. Étude aux deux trayons v. Julien. 36 St. Hauptformen aus der klassischen Zeit der Griechen von Möllinger. 42 St. Geschichte der Ornamentik von Guilmard. 12 Bände Blätter für Kunstgewerbe von Teirich.

Gypsmodelle.

102 Stück Ornamente. 13 St. Köpfe Basrelief. 14 St. Büsten. 1 St. Anatomische Figur.

Ausserdem wurden angeschafft: 4 grosse Zeichnungstische, 3 Stative, 2 Staffeleien, 1 Gestell zum Aufbewahren der Schülerarbeiten. 16 Stockerl, 3 grosse Kästen.

β) Durch Schenkung.

152 Stück Wandtafeln und 3 Hefte Vorlagen für gewerbliches Zeichnen von Prof L. Teimer. 1 Heft. Baumstudien von Prof. A. Wolf.

E) Für das Turnen

wurden angeschafft: 34 Paare Handeln, 20 Paare Keulen, 25 St. Sprungstäbe, 30 Stück Stäbe.

Alle oben genannten bedeutenden Anschaffungen sind nur dadurch möglich geworden, dass ausser den Aufnahmstaxen und Bibliotheksbeiträgen das hohe k. k. Ministerium 400 fl. für Zeichnungen und Modelle, 800 fl. für Einrichtungsstücke der Zeichenschule, des physik. Cabinets und des chemischen Laboratoriums, ferner eine ausserordentliche Dotation von 700 fl. für Lehrmittel und endlich eine jährliche fixe Dotation von 100 fl. für den botanischen Garten, von 200 fl. für das physik. Cabinet und von 200 fl. für die Bibliothek bewilligt hat.

IV. Chronik der Anstalten.

A) Schuljahr 1872/73.

Am 1. Oktober wurde das Schuljahr 1872/73 an den hierortigen Staatsmittelschulen (Real- und Obergymnasium, III., IV. und V. Classe

Realschule) mit einem Hochamte eröffnet. Die k. k. Realschule wurde mit Beginn des Schuljahres 1872/73 im alten Gymnasial-Gebäude, welches zu diesem Zwecke nothdürftig adaptirt wurde, untergebracht.

Am 4. Oktober wurde das Namensfest Sr. Majestät des Kaisers und am 19. November jenes Ihrer Majestät der Kaiserin mit einem feierlichen Gottesdienste begangen. (Schulfreie Tage.)

Am 16. Februar schickte Herr Professor Ludwig Teimer 70 von ihm componirte Zeichnungs-Wandtafeln zur Weltausstellung nach Wien. Dieselben werden in dem offiziellen Berichte als die besten der Ausstellung bezeichnet.

Ebenso sandten um dieselbe Zeit Herr Prof. Dr. Fr. Kiechl einen Wellenapparat und Herr Prof. Dr. Ausserer einen Plan der von ihm hier angelegten Alpenanlage zur Weltausstellung und wurden Beide von der Jury mit dem Anerkennungs-Diplom ausgezeichnet.

Alle drei Professoren machten ihre Ausstellungsobjecte den hiesigen Anstalten zum Geschenke.

Am 12. April starb nach längerer Krankheit der brave Schüler der I. Classe Franz Seyfried.

Ende April und in den ersten Tagen des Mai unterzog der Herr k. k. Landesschulinspector Eduard Krischek die Anstalten einer Inspection.

Am 20. Juni verlor das Gymnasium seinen fleissigsten, bravsten und kenntnissvollsten Schüler, den Abiturienten Alfred Voglsanger, durch einen Sturz von einem hohen Felsen, auf dessen äussersten Rand er sich hinaus gewagt zu haben scheint. Seine schriftliche Maturitätsarbeit aus dem Deutschen wurde für die beste befunden und zur Weltausstellung nach Wien geschickt.

Am 28. Juli wurde das Schuljahr geschlossen.

Am 28. und 29. Juli fand unter dem Vorsitze des prov. k. k. Landesschulinspectors Herrn Dr. Ignaz Mache die mündliche Maturitätsprüfung statt.

Bei derselben erhielten 2 Schüler das Zeugniss der Reife mit Auszeichnung, 1 Schüler das Zeugniss der Reife, 3 wurden auf 2 Monate, 1 auf ein Jahr reprobirt. Bei der am 28. September abgehaltenen Wiederholungsprüfung erlangten 2 Schüler das Zeugniss der Reife, 1 wurde auf weitere 6 Monate reprobirt.

B) Schuljahr 1873/74.

Am 1. October wurde das Schuljahr mit einem Hochamte eröffnet.

Am 4. October Feier des Namensfestes Sr. Majestät des Kaisers Franz Josef und am 19. November jenes Ihrer Majestät der Kaiserin Elisabeth. (Schulfreie Tage.)

Am 13. October 1873 starb in seinem 76. Lebensjahre Herr Josef Stocker, Weltpriester und jubilirter k. k. Director des Gymnasiums in Feldkirch. Derselbe war vom Jahre 1823—1848 Professor der Humanität am obigen Gymnasium, wurde 1848 zum provisorischen Präfecten, im Jahre 1849 zum provisorischen und im Jahre 1854 zum wirklichen Director daselbst ernannt. Er bekleidete diese Stelle bis zur Uebergabe der Anstalt an den Orden der Jesuiten am 1. October des Jahres 1856, von welchem Zeitpunkte an er in den Ruhestand übertrat.

Unter seinen vielen Verdiensten mag besonders hervorgehoben werden, dass er schon zu einer Zeit in Feldkirch Unterricht in den Naturwissenschaften ertheilte, wo selbst an Hochschulen dieser Zweig des Wissens noch völlig vernachlässigt war. Ein grosser Freund der studirenden Jugend; begabt mit einem reichen Schatze des Wissens; begeistert für alles Wahre und Schöne in Kunst und Wissenschaft, hat er sich bis in seine letzten Tage die geistige Frische, die Jugendlichkeit des Gemütes und jenes wohlthuende Gleichgewicht seines ganzen Wesens, das den Weisen eigen ist, bewahrt.

Seine vielen Freunde, und alle, welche mit ihm persönlich in Berührung kamen, werden immer mit Liebe seiner gedenken. Wenn auch der Verblichene kein wirkliches Mitglied der Anstalt mehr war, stand er doch fortwährend in inniger Berührung mit ihr, und verpflichtete sie sich durch reiche Geschenke zu dauernder Dankbarkeit. Friede seiner Asche!

Mit Allerhöchster Entschliessung vom 12. October 1873 wurde der Landesschulinspector für die deutschen Mittelschulen von Tirol und Vorarlberg Herr Eduard Krischek zum Sectionsrathe im k. k. Ministerium für Cultus und Unterricht ernannt. Sein Scheiden aus der bisherigen Sphäre wird allgemein bedauert.

Im März hielt Herr Prof. Dr. Kiechl im physik. Hörsaale mehrere Vorträge über das neue Mass und Gewicht, welchen viele Damen und Herren aus Feldkirch und Umgebung beiwohnten.

Die hierortigen Anstalten verloren am 20. Mai d. J. durch den Tod Herrn Josef Gantner, Professor und k. k. Bezirksschulinspector für den Bezirk Feldkirch, ehemals Director der Communal-Unterrealschule und Leiter der hiesigen Volksschule. Gantner war erst 42 Jahre alt und hinterlässt eine trauernde Witwe mit 4 unmündigen Kindern. Der zu früh Verstorbene war in des Wortes vollster Bedeutung ein braver Mann, gewissenhaft in Ausübung seines Berufes, streng gegen sich, liebevoll und gerecht gegen Andere. Für die Hebung des Volksschulwesens begeistert, setzte er seine letzten Kräfte für das Gedeihen desselben ein und schon kränkelnd liess er sich nicht abhalten, seinen anstrengenden Amtspflichten nachzukommen. Möge die hohe Achtung und das ehrenvolle Andenken, die dem Wackeren über das Grab hinaus erhalten bleiben, seinen Hinterbliebenen ein schwacher Trost sein in dem herben Schmerze, der sie durch den Verlust ihres Gatten, resp. Vaters betroffen. In den Herzen seiner Freunde, Collegen und Schüler hinterlässt er eine schmerzliche Lücke.

Am 30. Juni, 1., 2., 3. und 4. Juli wurde die schriftliche Maturitätsprüfung abgehalten, der sich 8 Schüler unterzogen.

Der bisherige k. k. Landesschulinspector für die deutschen Volksschulen Tirols, Herr Christian Schneller, wurde von Sr. Majestät zum k. k. Landesschulinspector der deutschen Mittelschulen von Tirol und Vorarlberg ernannt.